集英社オレンジ文庫

カスミとオボロ

大正百鬼夜行物語

丸木文華

本書は書き下ろしです。

目次

イラスト／THORES柴本

カスミとオボロ
大正百鬼夜行物語

鬼と女とは人に見えぬぞよき

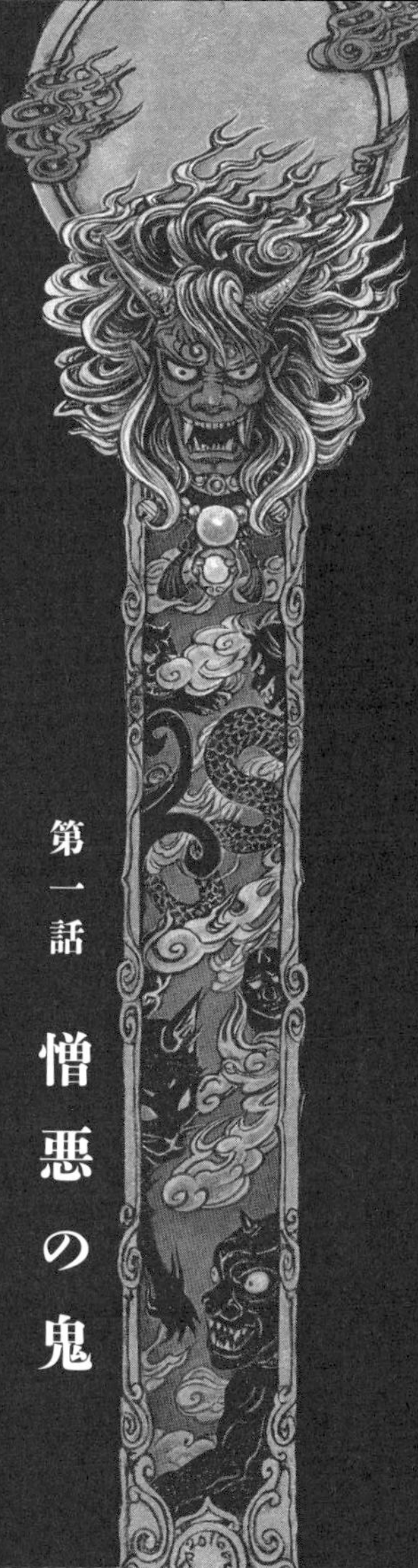

第一話 憎悪の鬼

蟻《あり》が蝶《ちよう》の死骸《しがい》を運んでゆく。

元は軽やかにひるがえっていたであろう白い翅《はね》はぼろぼろに朽《く》ちて崩れかけている。蟻たちはそれを幼虫の餌《えさ》にでもするつもりなのだろう。数匹がかりで持ち上げ、確かな足取りで隊列を成し、黙々と巣穴へ向かって行進している。

蝶の鱗粉《りんぷん》は剝《は》げかけて地の透明な部分がまだらに透けて見えている。その翅の麗《うるわ》しい文様は、すべて頼りない粉で彩られた奇跡の絵画だ。けれど、生命体の死により破壊されゆく芸術の、なんと美しいことか。あらゆるものは、頂点を過ぎ、崩壊が始まり、やがて無に帰すその過程が、最も哀《あわ》れで、愛おしい。

（きれい）

坂之上香澄《さかのうえかすみ》は魅入られたように、それを飽《あ》くことなく見つめていた。

長い豊かな黒髪が痩《や》せた肩から滑り落ちる。伏せられた長い睫毛《まつげ》の陰にある黒目がちの瞳はふしぎに青味がかって、静かな湖面のように澄《す》んでいる。

香澄は同年代の少女たちが好む可愛《かわい》らしいもの、優しいものにはあまり興味がなかった。一般に醜悪《しゆうあく》、グロテスクとされるものの方に心を動かされる少々風変わりな質《たち》である。

香澄は蟻たちが見事な御神輿《おみこし》を担いで練り歩く様子を眺めながら、西の空に太陽が失せ、夜がやってくるのを感じた。今日も退屈な一日が終わった、と思った。

大正九年七月十日――旧暦でいえば五月二十五日にあたり、陰陽道において『天道《てんどう》』、すなわち凶日となる。

香澄は十五歳。坂之上伯爵家の令嬢で、青山の女学校の中等部に通う女学生である。

大戦が終わり好景気から一転、世間は不況に喘ぎ米騒動だシベリア出兵だと騒がしくありつつも、香澄の日常に波風は立たない。毎日がとてもつまらないと少女が感じるのは、動乱する外界に反して、この旧家が昔から何も変わっていないからだろう。

世の中は御一新《ごいっしん》以来ありとあらゆることが変化し、文明開化で花開いた和と洋の入り乱れた魅惑的な文化が爛熟《らんじゅく》のときを迎えている。カフェエにオペラに活動写真、洋装自動車歌謡曲、ミルクホオルにダンスホオル、十二階に見世物小屋。

あちらこちらでこれでもかと目新しいものばかりが芽吹きそれぞれが華美を競い、お江戸の頃とは衣食住も人の心も、暦まで様変わりして、まるで女心と秋の空のように移り気な時代だ。

それなのに坂之上家は変わらない。遙《はる》か昔から――恐らくは平安の世から、この家独特の家風を守って暮らしている。香澄はひっそりと笑った。

「香澄さん。そんなところで遊んでいないで、早く中にお入りなさい」

庭園の庭石にうずくまり、じっと地面を見つめている香澄に縁側から祖母の歌子《うたこ》が声をかける。

祖母とはいえまだ齢《よわい》五十ほどだ。心身ともに壮健であり、常に背に定規をあてたような姿勢の折目正しい婦人である。大正の世、街に洋装も多く見られるようになってきたが、歌子は未《いま》だに一度も着物以外の服を身につけたことはない。

屋敷から漏《も》れる橙《だいだい》色の明かりで歌子の顔は闇《やみ》に沈み、どんな表情をしているのかわからない。けれどその声音から香澄の行動を咎《とが》めていることがわかる。香澄に母親はおらず、父親はこの末娘を猫可愛がりしていて、いつも口うるさく小言を言うのは祖母の歌子しかいない。

「今日は凶日です。それに、嫌な予感がするのですよ。こんな夜にはろくでもないことが起きるかもしれませんからね」

「どこで百鬼夜行があろうと、ここは大丈夫でしょう？　お祖母様。だってどんな鬼より強い悪路王《あくろおう》様がこの家を守ってくださっているんだもの」

「そりゃ、坂之上家は鬼の家ですよ。だけど、今日はどうも居心地が悪い。あなたは何も感じないのですか、香澄さん」

香澄はゆっくりと首を横に振った。正直に言えば、香澄とて大きな異変を感じている。けれどそれは、彼女が恐れる種類のものではない。むしろ、この退屈な日々を変えてくれる吉兆に思える。

（鬼の家……今じゃそんな呼び名もほとんどの人は知りませんわ、お祖母様）

赤坂にある坂之上家の屋敷は古びた日本建築だが敷地は一万坪に近く、そこに今は使う者のない離れと妾《めかけ》と庶子の住む家、そして守り神を祀《まつ》るお社《やしろ》があり、広々とした庭園は春には桜、秋には紅葉が美しく彩り、今は燃え立つような緑が夏の夕暮れに深々と沈んでいる。

坂之上家は遡《さかのぼ》れば田村麻呂《たむらまろ》という征夷《せいい》大将軍の血筋を受け継ぐ家である。しかも、その始祖は田村麻呂と鈴鹿山《すずかやま》に棲《す》んでいたという鬼女、鈴鹿御前《すずかごぜん》との間にできた子どもなのだという。

鈴鹿御前は陸奥国《むつのくに》の鬼の親玉である悪路王高丸《たかまる》の妻だったが、田村麻呂と出会って惹《ひ》かれ合い、ついにはこの将とともに、夫だった悪路王を裏切って討ったのである。

それゆえに、坂之上家は鈴鹿御前の鬼の血を受け継ぎ、また、悪路王の呪いを鎮《しず》めるため、その荒御魂《あらみたま》を祀って守り神としているという、まさしく『鬼の家』の名に相応しい家であった。鬼の加護ゆえに坂之上家は栄えてきたのだと代々言い伝えられている。

実際、坂之上家の戦場での活躍は際立っていた。戦国の世では坂之上家のつく大名が戦を制すると言われていたほどで、事実負け戦はほとんど記録に残っていない。その神通力は明治の世となっても健在で、元は武家華族で子爵だった坂之上家は、日清戦争の勲功《くんこう》で伯爵に叙《じょ》されたのである。

鬼の家の名の通り、ひとたび戦となれば無敵の強さを誇る家であった。それゆえに悪路王という守り神も鈴鹿御前という祖先も、世代が変わって風化することなく、大切に大切に祀られてきたのである。もっとも、そんな迷信めいた昔話を知る者は、この家中以外ではさほど多くはないだろう。

(見えないものは、存在しないのと同じなのですもの。鬼、だなんて……見えたって、面白くも何ともない代物だけれど)

香澄の『つまらない』日常——毎日の学校やお稽古《けいこ》事以外に、視界にはたえず映り込む、角の生えた小鬼やら、ひとつ目や三つ目のもののけやら、けばけばしい色彩のはびこるこの時代にはある意味お似合いな、異形の者たちも含まれている。

今も、足下に百足《むかで》にも似た数多《あまた》の脚を蠢《うごめ》かせる禍々《まがまが》しい邪鬼《じゃき》が生臭い息を吐きながら這《は》い寄っている。香澄はただふっと息を吐くだけでいい。小さな邪鬼はそれだけで激しくのたうち回り、いずこかへ消え去った。

邪を祓《はら》う方法は正しくは祖母に教わった通り印を結び真言を唱えるものなのだが、この程度の小さいものならば香澄はすでに気や言霊《ことだま》だけで遠ざけることができる。肉体そのものに魔を退ける力が宿っているのである。

香澄の力は長ずるにつれて日に日に強くなっているが、彼女は生まれたときから妖力の高い赤子だった。坂之上家では代々その世代で最も力のある者が庭園の悪路王を祀るお社を管理する。現在は香澄、その前は祖母の歌子の役目だった。

当主は屋敷の二階の上にある田村麻呂公と鈴鹿御前を並べた祭壇を守る。現在は香澄の父、毅《つよし》が坂之上伯爵として毎日ご先祖様を祀っている。それが、古くから続く坂之上家の決まり事だった。

（おかしなものだわ。殺したものと殺されたものを同じ家で崇《あが》めているだなんて）

湿った生温かい風が吹く。大きなもののけの吐息のように生臭く瘴気《しょうき》を孕《はら》んだ風だ。香澄は邪《よこしま》な気配が次第に目の前のお社で強くなるのを感じている。香澄さん、と不安げな声で祖母が呼ぶのも聞かず、香澄は静かにお社へ歩み寄る。

日本庭園の奥にある鳥居をくぐり、心なしか微細に振動している朱塗りのお社の前に立つ。そのとき、香澄は異変に気づいた。屋根も柱も窓の格子もすべてが朱色だったはずが、突如その色は濡《ぬ》れ濡れとした漆黒の闇色に変じたのだ。

（やはり、今夜ですのね。とうとう蘇《よみがえ》られるのね）

朱は魔を退ける色。それが闇夜に染められたとなれば、この社はすでに鬼神の魂を封じるものではない。魔のものをこの世へと送り出す門と化したのだ。

風はいよいよ湿り気を増し、澱《よど》んだ邪気をとぐろのように巻きながらお社を包み込む。東の空には淡い虹色の輪を従えた春のごとき朧月《おぼろづき》がもの言いたげに浮いている。

(さあ……おいでになって。禍々しくも美しい姿を、私に見せて)

香澄の願いに応じるように、お社が重く鼓動を刻み、ギイと軋んでひとりでに開いた扉からどろりと墨のように黒い気がこぼれ出た。とてつもない凶悪な気配が辺りに流れ、香澄の肌もびりりと引き締まるように緊張する。その緊迫感が何より心地よい。

悪路王の魂を封じていたお社は長い歳月を経て戒《いまし》めの力が風化し、そして昨今世にはびこる濃密な魔の気配によってついにその力を失った——そして、凶日のこの夜。ついに、その封印は破られ、悪しき鬼の王が蘇ろうとしているのである。

かつて人々を震え上がらせていた強大な鬼神、悪路王。その強欲な足は大地を割るほどに重く、烈火のごとき頭は天を突くほどに猛々《たけだけ》しく、ひと睨《にら》みで生き物は死に絶え、笑い声を上げれば山が砕け、憤《いきどお》れば稲光を降らせたという伝説の悪鬼——。

香澄は息を呑んだ。かつてない異質で邪悪なる気配を感じた——来る!

恐れと緊張と興奮に凝然《ぎょうぜん》と強張《こわば》った少女の背にひとすじの汗が伝った、そのとき。

『ふぁ〜。千年よく寝たぁ〜』

気の抜けたあくびが聞こえた。

輪郭《りんかく》を持たぬ淡く赤い光がふよふよと空中にさまよい出る。

その様は春の朧月さながらにぼんやりとして頼りなく、動きも晩秋の蚊のごとくに弱々しい。

香澄は冷淡な眼差《まなざ》しでじっとそれを見据えた。

『ここはどこじゃ。ん？　我はどこで寝ておったんじゃったかのう。あれ？　う〜む思い出せぬ』

寝ぼけている。そのままふらりとどこかへ飛んでいってしまいそうだったので、香澄は素早く護身法で身をかためた後、この魂を呪縛するため、印を結んで真言を唱えた。

「ヲンビシビシカラシバリソワカ」

ビシッと空間から鞭《むち》のしなるような音がしたかと思えば、目に見えぬ縄で赤い魂は瞬時に捕らわれる。

『ぬうっ!?　な、なんじゃいきなり！』

寝起きのそれは突然身を縛り付けられ、相変わらずふわふわぼんやりとした体を震わせて驚いている。そしてようやく香澄の存在に気づいた様子で、妙に親しげに話しかけてきた。

『おお、そこな娘。おぬしの気配、我はよく知っておるぞ。いや、しかし名前がちとわからんのう……どうでもいいがこの呪を解かんかい』

「あなた、何も覚えていらっしゃらないの？」

『そのようじゃのう。何せ目覚めたばかりでな。いや、ここ五十年ばかり、どうも懐かしい気配が増え出したようじゃ。我も少しずつ力のみなぎるのを覚えてのう、ついにこうして起きて出てきてみたわけじゃが』

「まさか、ご自分のお名前もお忘れ？」

『そうそう、今な、それを一生懸命思い出そうとしておるんじゃが、まーったく思い出せんわい。すんごく立派な名前だったような気がするんじゃが……』

それを聞いた途端、香澄の口元ににやりと陰惨《いんさん》な微笑が浮かぶ。

「それじゃ、教えてさしあげる。あなたのお名前は、『朧《おぼろ》』ですわ」

香澄がその名を口にした瞬間、ふわふわとした物体だった赤い魂は突然眩《まばゆ》いばかりの光を発し、人の形と成って地面に落ちた。

少年だ。香澄と同じくらいの年頃に見える。落ちた拍子か人型になったためか、今は意識を失っている様子だ。周囲の闇が濃く、その造形ははっきりとは見えない。ただ輝くばかりの白肌が闇夜の淵《ふち》にぽうと浮かび上がっている。しなやかな手足の無造作に横たわる様は、壊れた人形のようにも見える。

そのときようやく少年が素裸《すはだか》であることに思い至り、香澄はハッとして目を逸《そ》らした。

「誰か。浴衣《ゆかた》か何か持ってきて頂戴《ちょうだい》」

屋敷に向かって声をかけると、気づいた女中が下駄を突っかけて慌ただしく白絣《しろがすり》の浴衣と紺の角帯を持ってくる。

「どうなさったのですか、お嬢様」

と言って、香澄の足下に倒れている少年を見てきゃっと悲鳴を上げた。

「何でもないのよ、大丈夫。この子をお屋敷の中へ運びたいから、手伝って」

目を白黒させている女中は言われるままに少年に浴衣を着せると、香澄と二人で担ぎ上げて屋敷の中へ運び込んだ。その体は軽く、女が二人もいれば容易《たやす》く持ち運ぶことができた。

「まあ。その子は何です、香澄さん」

祖母の歌子は広間の長椅子に寝かせられた意識のない少年を見て目を丸くしている。

「これはあのお社の中で眠っていた魂ですわ、お祖母様」

「何ですって」

「この者は言っておりました。五十年ばかり前から懐かしい気配が満ち、力がみなぎり始めたと。やはり、御一新後の廃仏毀釈《はいぶつきしやく》をきっかけに、もののけのあふれる世になってしまったんですのね」

時代が明治へと移り変わった頃、神仏分離令によって引き起こされた廃仏毀釈。目的は神道と仏教の分離であったが、結果的に仏教を排斥するような動きへと繋がり、各地で数多の仏像や仏具などが破壊された。それによって、日本古来の封印、結界が解かれ、邪悪な魂が放たれてしまったのである。

明治の世になり欧化主義などが起こり、西洋と日本の文化が入り乱れ、すべてが混沌《こんとん》としていた世の中で、魔界との境界も曖昧《あいまい》となり、魔の者たちが跳梁跋扈《ちようりようばつこ》していた。

「それじゃ……この男の子が、悪路王様だと？」

「どうも長過ぎる年月がこの者の記憶を虚《うつ》ろにしていたようです。自分が何ものかも忘れていましたので、私が新しく名前をつけてやりましたの」

「か、香澄さん……あなた、それがどういうことかわかっているの……？」

「ええ、もちろん」

孫の冷静な答えに、歌子は一転、厳しい面持ちで一喝する。

「なんという罰当たりなことを！　この御方はこの家の守り神なのですよ？　それを使役《しえき》しようなどと……」

「お祖母様は守り神という名に捉《とら》われて、本来この者が何なのかをお忘れになっているご様子。この悪鬼は私たちの祖先が封印し、荒ぶる魂を鎮めるために祀った存在です。その封印を破って出てきたからには、この家に害をなさないとなぜ言えましょう？」

「それでは、再び御魂をお社に戻し、封印すればよかったのです」

「この鬼気のはびこる世では同じこと。再び封印を破って出てきてしまうでしょう。そもそも、千年近くこの鬼を大人しくさせていたことの方が奇跡だったのです。この鬼の目覚めた瞬間に私があの場にいたことがさだめ。坂之上家は新しい時代に入ったのですわ、お祖母様」

　そのとき、『朧』の意識が戻った。

　言い合いをしていた二人ははっと少年の方へ向き直る。朧はまるでうたた寝から目覚めたかのような平和な様子で目を擦《こす》り、ぼんやりと周囲を見回している。

「ん……？　我は……」

「ごきげんよう、朧。千年ぶりに実体を取り戻した感覚はいかがかしら？」

「実体、とは……、むっ？」

　朧は浴衣を着せられた己の姿を見て、両手で頰《ほお》や頭を確かめ、袖《そで》から伸びる細く頼りない腕を見て仰天した。

「これは弱々しい子どもの体ではないか！　我は本来文様の刻まれた赤銅《しゃくどう》色の皮膚《ひふ》と焔《ほのお》のごとき赤い髪と、六尺を超えるもっと大きな……」

「ええ、そうですわね。でも、私の『朧』はそのくらいが丁度いいの」

「朧……」

朧はぽかんとした顔をした後、はたと思い出したように必死の形相で起き上がった。

「そ、そうじゃ。おぬし、我に名などつけおったな。今すぐこの呪《しゅ》を解け！　我はそのような名ではない。ようやく思い出したぞ。我は陸奥国の鬼神、悪路王高丸、鬼の王じゃ！」

「その名を忘れ、実体も持たぬ体《てい》たらくであったから、私がわざわざ名をつけて肉体を差し上げたというのに、何をそのようにお怒りになっているの？」

名は体を表す。妖力を伴った言霊で名付けられ姿を得た魂は、その言霊の主の声に従うこととなる。つまり、坂之上家の守り神であった悪路王の魂は、剝《む》き出しのまま現世にさまよい出た結果、発見者の香澄によって使役される存在となったのだ。本来の力を押さえつけられ、姿も退行させられ、少年の体になってしまった。妖力を縛られているために、その外見は人のものと何ら変わりない。

「春のような朧月夜でしたから、朧と名付けましたの。あなたの魂の形もぼんやりとしていて朧げでしたから、丁度よいお名前でしょう？」

「くう……一生の不覚じゃ……せめて目覚めた後も少し時が経っていれば、自然と己が誰なのか思い出せたものを……」

「本当に、この娘に出会ってしまったのが運の尽きでございましたね」

さすがに歌子も『朧』に同情し慰《なぐさ》めの言葉をかける。

「しかしこうして蘇られたからには手厚くおもてなししなくては。永きに渡って坂之上家をお守りくださった方なのですから」

「おお、婆《ばば》よ。おぬしは我の偉大さをわかってくれるのだな」

「ええ、それはもう……けれど、この先あなた様をどのようにお祀りすればよいのか……」

歌子も香澄の前にお社を守っていたほどの力を備えており、初めこそ朧の外見に惑わされたものの、その魂が強大な力を持つ鬼のものだとわかっている。香澄の行為を叱責《しっせき》したのは、生まれたときから先祖の田村麻呂公らと並べて悪路王を崇めてきたためだが、こうして目の前で喋っているその鬼神はあまりにもゆったりとして穏やかで、どう扱えばよいのか戸惑っているようだ。

朧は蘇って初めて相応の扱いを受けたというようにふんぞり返り満足げだ。

「婆、我はもう実体を得た存在となったのじゃ。不本意じゃが、そこの娘によってな。ゆえに、祀るという行為は不要じゃ。それより酒と肴《さかな》を持て。我は腹が減ったのじゃ」

「あら、お酒なんていけませんわ」

　香澄はせせら笑う。

「今あなたの体は私と同じ年頃のもの。幼い肉体にお酒は毒です。大人しくお菓子でも召し上がったら」

「な、なに！　酒も飲めぬと申すのか！　ここは地獄か！」

「大げさな……どうせなら本当に地獄へ行って獄卒のお仕事でもなさったらいかが」

　それにしても——と、香澄は朧の外見をまじまじと観察する。

　肩にこぼれる濡れたようにつややかな黒髪、なまめかしいほどの雪白《せっぱく》の肌、甘えるようにあどけなく咲いた丹花《たんか》の唇、奥に焔のような赤のきらめく、星々を閉じ込めたかのような大きな瞳——。

「つまらない顔」

「なんと」

「鬼のくせに、どうしてそんな整った顔をしているのですか？　角はどこ？　もっと恐ろしげなおぞましい顔をなさって」

「おぬしが我の妖力を縛って子どもの姿にしたのではないか！　角は妖力の表れ、本来の姿でないと出現しないのじゃ！」

「それでもそんな顔になるのなら大きくなってもたかがしれています。これじゃその辺によくいるなよなよとした役者と変わりませんわ。本当につまらない」

「うう……せっかく現世に蘇ったというのに……こんなのはあんまりじゃ〜〜」

　言いたい放題に責められて、よよと泣き崩れる朧に香澄は冷たい一瞥《いちべつ》を投げる。

「それはこちらの台詞《せりふ》ですわ。いかにも大物が復活するという気配をさせておいて、こんな寝ぼけた鬼が目覚めるだなんて……期待していたのに、がっかりです」

「何を期待していたというのじゃ」

　香澄はニタリと残忍な微笑を浮かべる。

「この世の破壊」

　言葉よりもその凄惨な笑顔に、稀代の鬼は震え上がった。

「な、なんという恐ろしい娘じゃ……」

「冗談です。その情けないお顔をどうにかなさって。見ているだけで苛々《いらいら》します」

「香澄さん、その辺になさいな。あなたのその口の悪いのはどうにも直りませんねえ」

　歌子が見かねて二人の間に割って入る。

「悪路王様、お酒は確かにその幼いお体ではよろしくないかもしれません。他に何か召し上がりますか」

「お祖母様、その名ではなく、今は『朧』です」

「お前以外が呼ぶのであれば構わないでしょう」

「でも、何も知らない使用人たちからすれば驚きますわ。こんな子どもを守り神の名で呼ぶなんて。それとも皆に事情を説明して回りますか？　かの鬼が蘇ったのだと。それこそ大騒ぎになりますわ」

歌子は少し考えて、渋々香澄に同意した。

「では、朧様。召し上がりたいものはございますか？」

「鬼じゃ。どこぞに鬼はおらぬか」

「あら。あなたも鬼ではないの？」

「我ではなく、その辺にいる鬼どものことじゃ。千年ぶりに起きたのでな。腹が減って仕方がないわい」

香澄と歌子は顔を見合わせる。食べ物のことを聞いたのに、鬼を求めるとはおかしな話である。

「鬼を食べるということ……？　それなら……」

香澄は卓子の上の呼び鈴を鳴らす。すると部屋の前に控えていた若い女中がやって来て
「御用でしょうか」と微笑《ほほえ》んだ。

彼女の肩には小さな痩せた鬼が乗っている。醜《みにく》い顔に下卑《げび》た笑みを浮かべコソコソと何かを女中の耳に吹き込んでいたが、朧の姿を見てぎくりと固まった。

遅れて慌てた様子で逃げようともがいたが、朧の両目が一瞬真紅に輝いた瞬間、あっという間にその口の中へと吸い込まれてしまった。その様子を、鬼が見えている人間二人は呆気《あっけ》にとられて見守っている。朧はそれを口中で味わうように舌を絡めた後、失望の色を浮かべて飲み下した。

「ふむ……小さいし、まずい。もっとまともな鬼はおらぬのか」

「あなた、随分な悪食《あくじき》ですのね……あんな見るからに不味《まず》そうなものを」

「見た目ではない。鬼はそもそも肉を持たぬ陰。その味は我の舌で確かめる他ない」

「一体どんな鬼が美味《おい》しいんですの？」

「もっと力の強い鬼じゃ。憑《つ》いた者を取り殺すほどの邪気に満ちた鬼でなければまともな味はせぬ」

「それなら、この屋敷では無理ですわ。そんな鬼がいれば私かお祖母様が祓ってしまいますし、大きな鬼は敷地を囲む結界で入って来られませんもの」

普通の人の目に妖《あやかし》は見えぬが、魔の者は常に人に取り憑き生きている。鬼は人の陰の気を好んで喰《く》らう。負の感情が孕む陰の気は鬼の好物だ。無論、人の血肉そのものも食らうが、生かして陰の気を生み出させていた方が長く腹を満たすことができる。ゆえに、取り憑いて負の感情を唆《そそのか》し増長させ、自《みずか》らの肥やしとするのだ。

憎悪を好む鬼は憎悪に満ちた人間に引き寄せられ、憎悪を啜《すす》って生きる。憎悪を生み出させるために、取り憑いた人間を更に憎悪へと駆り立てる。嫉妬《しっと》を好む鬼は嫉妬に苛《さいな》まれる人間に、色欲を好む鬼は色欲のほとばしる人間に。

だが気を吸われ続けた人間は衰弱してやがて死ぬ。そうならぬよう、鬼どもは陰気の苗床である人間を殺さずほどほどに吸い続け、頃合いを見て別の人間に取り憑く。鬼は次第に肥え太り、やがて凶悪な力を持った鬼となるのである。

「あなたが鬼を食べるのは、その鬼に蓄積された陰の気を食べるため？」

「そんなところじゃ。我ほどの者になれば、いちいち人になど取り憑かん。鬼を喰らい、鬼そのものの力を我がものとする」

「それじゃ、明日にでも外へ連れ出して差し上げます。学校もお休みですから、お稽古事の前なら付き合えますわ。そこでお食事をなさったら。今の帝都は人の欲望に吸い寄せられた鬼どもであふれていますから」

「おお！　そうか。ありがたい……しかし、腹が減ったのう。今からではだめか」

「だめです。そろそろお父様もお帰りになるし、こんな遅い時間に外に出してはくれませんもの」

勝手に会話を続ける主の傍《かたわ》らで、呼ばれた女中は何も言われないので居心地が悪そうに黙って立っている。香澄はふと思いついたように、彼女に「この前のおやつの残りを持ってきて頂戴」と頼んだ。しばらくすると、女中は奥から通い盆に羊羹《ようかん》と煎茶の湯のみを載せて戻ってくる。

「ん？　何じゃこれは」

「羊羹ですわ。千年前にはまだなかったかしら。お菓子ですけれど、どうぞ召し上がって」

「しかし……」

「人の食べ物が食べられないわけではないのでしょう？　お酒も好物のようだし」

朧は矯《た》めつ眇《すが》めつ、漆器《しっき》に載った羊羹を眺めている。何が珍しいのか、感じ入ったようにため息をもらし、目を輝かせ頬を紅潮させ見入っている。

「なんと……これは邪気に満ちた人の魂に似ておるのう」

「え？　羊羹が？」

「そうじゃ。見よ、この半透明のなめらかな肌を。漆黒を澱ませ光を吸い込む夜の闇のごとき深淵《しんえん》を！　なんと趣《おもむ》き深い菓子か。これを食ってしまうなどというのは、もったいない気がするのう」

「なんだか明治の文豪みたいなことを言いますのね……」

羊羹ひとつにそこまで感動できることがすごい、と香澄は呆《あき》れる。それにしても、この菓子が邪な人の魂と似通っているとは初耳だった。香澄はいくら妖力が強かろうと人間である以上、人の魂の色までは見えない。まさに鬼ならではの感想なのだろう。

（そういえば、鬼とまともに会話したことなんて初めてだわ）

これまで香澄にとっての鬼は退け祓う存在でしかなかった。人間に害をなしこそすれ、益になることなどひとつもないのだ。妖を使役し人を呪う術師以外にとっては、鬼は害悪でしかない。鬼と会話などしようと思ったこともなかった。言葉が通じるとも思えぬ。

けれど、今目の前にいるこの悪路王はどうだろう。坂之上家の守り神として千年もあのお社にその魂を封じ込められていたものの、目覚めてみればその強大な力に反してあまりにも温和な性格だ。時代がかった口調のせいもあろうが、見た目は香澄と同い年くらいの少年だというのに、まるで縁側で茶でも啜っている老人のように見える。

（もっと傲岸《ごうがん》不遜《ふそん》で邪悪そのものの鬼を想像していたのに……）

これでは調子がくるってしまう。長過ぎる歳月が鬼の王の角という角を丸くしてしまったのだろうか。

今夜何もかもが激変すると考えていた香澄は、予想の斜め上を行く悪路王の復活に、落胆していたのだが、内心安堵《あんど》もしていた。鬼の家の少女は退屈な日常に大きな変化を望んでいたが、また変わらずにいられたことにも喜びを感じていたのである。

朧はひと口羊羹を頬張ると、更に感激してはしゃぎ出す。

「美しい上に甘い！　美味ではないか。我はこの菓子が気に入ったぞ！」

「それはよかったですわ。どうぞいくらでも召し上がって」

「ふふ、ありがたい。……ん。そういえば、まだ我はおぬしの名を聞いておらなんだのう、娘よ」

「私は香澄といいます。坂之上香澄」

「ほう、カスミか。我に名付けたオボロと並べると、なにやらぼんやりしてくるのう」

「その霞《かすみ》じゃありません。香る、澄む、という字ですわ」

ふんふんと適当に相づちを打ちながら、朧は夢中で羊羹を頬張っている。その姿を眺めていると、これは到底鬼などに見えぬと香澄は苦笑した。

（世界を滅ぼすなんてことはできそうにないけれど、これはこれでよかったのかもしれないわね……）

しばらくは退屈しなさそうだ。それだけは確実である。

＊＊＊

悪路王が『朧』として蘇ったその翌日。

事情を聞いた香澄の父、坂之上伯爵は、朧を自らの庶子として屋敷に住まわせることに決めた。母親はかつて深川《ふかがわ》で働いていた酌婦《しゃくふ》であり、伯爵の子を妊《みごも》ってから人知れず田舎へ戻ってしまい、伯爵は手を尽くして探したが見つからなかった。ようやく発見した頃には女は病で亡くなってしまっており、子どもだけが残されていたために、その子を赤坂の屋敷に引き取った――という設定である。

その設定はまるきりの作り話でもないだろう、と香澄は思う。香澄の母が亡くなってから、父は再婚はしなかったが方々に愛人がおり、この敷地内に住んでいる妾の竹《たけ》も一人子を産んでいるのだ。

昨夜、朧は伯爵を見た瞬間、その体に取り憑いている鬼の数の多さに小躍《こおど》りしてそれらを喰らおうとしたが、香澄が止めた。曰《いわ》く、

「父に憑いているのは父自身が招き寄せたものも多いけれど、女の嫉妬の鬼が多いんですの。誰にも本気にならず、あちこちに浮気しているから、恨まれているんです。だからあ

れは父の自業自得という名の装飾品なんですの。どうぞ放っておいてくださる？」

とのことだったが、朧はいかにも不満げだった。空腹時に目の前にごちそうを並べられているというのに、食べるなと言われればそれも当然のことである。

何しろこの屋敷の人間と来たら、結界のせいでほとんどまともに育った鬼を憑けていないのだ。だが、小さくとも数があれば腹を満たすことができる。ようやっと出会えた業の深い人間だというのに、香澄はそれを放っておけと言う。

腐っても坂之上家の人間なのだから取り殺されることはない、田村麻呂と鈴鹿御前の血が守ってくれるから心配はいらないというそのそっけなさが、娘の父に対する心としては、鬼である朧にもさすがに冷酷な気がしたのだろう。「妙な父娘《おやこ》じゃのう」とぼやいていた。

香澄はどう思われようが到底父を好きにはなれない。ただ、憎めてもいないのは、父が心底愛した人は母だけであると知っているからだ。だから、再婚もしなければ決まった女を作りもしない。子どもができてしまえばそれを庇護《ひご》するのは義務とばかりに家を与え、その後、妾の竹のもとへはとんと通わなくなっている。

「しかしこうして並んで座っているところを見ると、ふしぎと、香澄と朧はまるで本当の姉弟《きょうだい》のようにも見えるな」

朝食の席で家族が卓子についたとき、父、毅は香澄と朧を眺めて微笑した。自分の子どもという設定にした以上、『朧様』とも呼べず、家族はこの守り神を香澄の弟として扱うことにしたのだ。

「そうですね。僕も弓子《ゆみこ》もお父様に似たけれど、香澄だけはお母様にそっくりだったから……朧は繊細な顔立ちだから、似たような系統に見えるのだろうね」

香澄の兄、実《みのる》も父に同意する。実の隣にはその妻、国子《くにこ》が座り、夫に賛同するように朗《ほが》らかに笑んでいる。弓子というのはすでに他家に嫁いだ姉のことだが、確かに香澄は兄とも姉とも、また父とも似ていない。祖母の歌子は父方の母であるので、やはり歌子とも違う顔をしている。香澄の顔は一見すると大人しげな瓜実顔《うりざねがお》で端整だが隙がなく、少し冷たい感じがするのだが、歌子や毅、実たちの顔はやや丸顔で豊かな頬は愛嬌《あいきょう》があり、人形のような香澄と比べればあたたかみのある顔立ちである。

香澄と朧は顔を見合わせた。香澄の目に、整い過ぎてつまらない朧の顔は、確かに鏡で見る味気ないほど崩れたところのない自分の顔と通ずるものがある。長い歳月のうちに自分の顔など忘れてしまったらしい朧は首を傾げているが、やがて薄い肩を竦《すく》め、やるせないため息を落とした。

「我はこんな冷酷な娘と似たくはないのう」

「それはこちらの台詞ですわ。情けない鬼の王さん」

「それはおぬしのせいであろう！　早く我を縛《いまし》める呪を解くのじゃ！」

「あなた、私に命令できる立場だと思って？」

「おぬしこそ、我を誰と心得る！」

　スウッと香澄の目に青い光が宿る。朧はハッと色をなくしたが、残酷な少女はすでに真言を唱えながら印を結んでいる。

「ヲンビシビシカラシバリソワカ」

「フギャーッ!!」

　あっという間に目に見えぬ鞭が朧の体を縛り上げ締めつける。食事をしていた皆が唖然《あぜん》とし、二人の喧嘩――もとい、一方的な虐待を見つめている。

　朧は涙目になりながら、真言の呪に縛られた体を硬直させ嘆き悲しむ。

「ぐぐっ……なんでおぬしのような小娘にこう何度もビシビシされねばならんのじゃー！」

「あなたが私の言うことを聞かないからですわ」

「鬼を使役する人間など役小角《えんのおづぬ》しか知らぬわ……あやつは修行を積んでその力を得たというのに、おぬしはまだ年端もゆかぬ娘ではないか！　修行をしているようにも見えぬし！」

「残念ですけれど、才能に努力は必要ないんですの」

　香澄はせせら笑う。言葉の通り、香澄は特に山籠《ご》もりをしたりどこかへ修行を積みに行った経験はない。ただ日々無為に大きくなり続ける妖力を扱うために、祖母から代々家に伝わる方法を学んできたに過ぎない。

「ぐぐうっ……おぬし友人がおらぬじゃろう……」

「どういたしまして。学校では猫をかぶっていますからご心配なく」

「香澄さん。その辺になさい」

歌子のたしなめる言葉に、ようやく呪が解かれ、朧はぐったりと椅子の背もたれに寄りかかる。朧本人はもちろん、家族全員がほっとした顔になった。本来ならばここは当主である毅が香澄を一喝する場であるはずだが、毅は亡き妻に似た香澄を溺愛《できあい》しており、また自らの行状のため娘には遠慮がある。次期坂之上家当主の実は生来の優しい性格ゆえに何も言えず、また妖力もほとんどないため妖に関することでは妹に口出しできない。

坂之上家では代々女に妖力の強い者が産まれることが多く、戸主は男であっても、実は守り神を祀る女の方がその代の家で権力を持っていることが多かった。現在、この家の当主は毅だが、実質権力を握っているのは歌子と香澄と言える。

「うう……とんでもない娘に捕まってしもうたわ……」

「光栄の間違いではなくって？　安心なさって、あなたが逆らったりしない限り、私はあなたに最大限の自由をお約束しますわ、朧」

朧は胡乱《うろん》な目で香澄を見つめ、次第に何かを納得した様子で頷いた。

「その口調、態度……香澄よ。おぬし、やはりあれの生まれ変わりじゃな。出会った当初から感じておったが……」

「何ですって？」

「我を裏切った、鈴鹿山の鬼女じゃ」

その名を聞いて、さすがに香澄の胸はどきりと騒ぐ。

「……まだ寝ぼけているのではなくって？　私にそんな記憶はありません」

「記憶は摩耗《まもう》するものじゃ。我とて目覚めたばかりのときには自分が誰かすらも忘れておった。魂が輪廻《りんね》すれば尚のこと。鈴鹿の記憶がなくとも、おぬしの魂はあれと同じ色をしておる」

朧の言葉に食卓が刹那《せつな》緊張する。香澄は自分に注がれる家族からの、ふいに他人を見るような恐ろしげな眼差しに居心地の悪さを感じて眉をひそめた。

そんな中、一人冷静になるほど、と頷いたのは祖母、歌子である。

「この子は母の体から生まれ落ちたときから尋常な力ではありませんでした。泣き声を上げただけで周りの有象無象の妖は逃げ出してしまったほどです。それも長ずるにつれてますます強くなって……なるほど、鈴鹿御前様の血が世代を超えて色濃く出たのなら、それも納得できます」

「お祖母様まで。この者はただ意地悪をされて自分を裏切った女と同じように見えているだけなのですわ」

そう言いはしたが、自分の存在が悪路王の目覚めを誘い出したことを、香澄は知っている。身ひとつで邪念のほとばしるお社の前に立ったとき、胸の奥にある命の焔が突如燃え上がり、そこにある鬼の魂と共鳴したのを感じたのだ。

（つまらない日常に飽いて何かを変えたいと、恐ろしいことと知りつつ、私はこの鬼を目覚めさせた……）

もしも自分が鈴鹿御前の生まれ変わりであるのなら、記憶はなくとも彼女の心の動きは手にとるようにわかる。

（妖の鬼女……鈴鹿は飽いていたのだわ。そして、悪路王を裏切り、人の田村麻呂の妻となった……）

自分が悪路王か田村麻呂に殺される可能性もあったはず。けれどそれでも、鈴鹿御前は行動したのだろう。女の心は移ろいやすいもの——それは鬼とて変わらぬらしい。

「この家は香澄のような者を代々輩出しておるのか」

朧の問いかけに毅が頷く。

「代々必ず一族の中に妖力豊かな者が生まれ、その者が悪路王様……守り神の魂を祀るお社に毎日祈りを捧げる決まりになっている」

「その者の力を使って鬼退治でも請け負っておるのか？」

「江戸以前はそのような記録も残っている。だが、今となっては……」

「朧。時代は大きく変わりましたの」

香澄は紅茶を飲みながら口を挟む。

「今では憑き物の類《たぐい》はまずまともに相手にされません。鬼だの幽霊だの、そんなものは錯覚と思われる程度ですわ」

「なんと。我らの存在を認めぬというのか」

「もちろん、認めている人々も多くいましてよ。ただ、坂之上家は伯爵家。華族という人間は国民の模範となるべき存在ですの。この大正の世で鬼退治だなんて怪しげな商売を大っぴらに披露するわけには参りませんわ」

「では、こっそりとやっておるのか？」

「ごくたまに、ですけれどね」

妖関係の問題を持ち込んでくるのは、坂之上家と古くから付き合いのある家か、そこから又聞きしてやってくる者たちである。だが世間によくいる拝み屋や祈禱師《きとうし》では解決できなかった上で、最後に辿り着いた先が坂之上家ということが多いので、この屋敷の門を叩く頃には抜き差しならぬ状況になっている場合がほとんどだ。

しかし坂之上家は表向きは飽《あ》くまで鉄道や銀行などに投資し潤沢な資本を持つ富裕な伯爵家であるので、鬼の家であり代々特殊な力のある者が生まれる家であることは、知る人ぞ知る古い時代の秘密であった。

「大昔に比べれば、電気も通り、街は明るくなりました」

歌子はしみじみと呟く。

「闇を恐れ、魔を恐れるという心が、人々の中から失われつつあるのでしょうね」

「皮肉なことに、そんな時代に妖が増えているんですわ」

香澄は廃仏毀釈の起こった後に生まれた娘だが、世間に漂う魔の気配が日に日に濃厚になってゆくのを感じている。

「汽車や自動車が走り人々は流れ、土地の言い伝えも途絶えて因習も薄れています。加えて魔界との隔たりを守ってきた封印も次々に壊されてしまったんですもの。秩序など、闇とともに時代に押し流されてしまっているんですわ」

「ふうむ。ようわからぬが、その混沌のお陰で我は目覚めることができたようじゃな。めでたいことじゃ」

気楽な様子で平和に食事をとっている朧を胡乱な目で眺めつつ、香澄はこの鬼が本当にかの悪路王高丸であるのか疑わしい心持ちになりかけている。もちろん、朧は悪路王に違いないのだが、どうも最凶の鬼が蘇ったにしては緊張感がない。

朝食はいつも洋風でスープにハムエッグ、クロワッサンやオレンジジュースなどが並んでいるが、朧は皆がナイフとフォークを使っているのを興味深く観察していたかと思えば、すぐに自分も同じように使って器用に食事を始めてしまった。

（この鬼め、本当に千年眠っていたのかしら？）

あまりにも現世に馴染むのが早過ぎて呆れてしまうほどである。とぼけたところのある鬼だが、その適応能力は尋常でない。

（それにしても、家の守り神だった鬼と食事をともにしているだなんて……）

あまりに普通の少年と変わらぬ見た目の朧は家族にすでに受け入れられ、食堂の風景に溶け込んでしまっている。鬼とは人に害なすもの。人と交わっては暮らせぬはずのものなのに、千年の歳月が鬼の根幹を変えてしまったのか、朧本人はこの状況に違和感を抱いていないようだ。

（鬼の奇形ね……このものはすでに鬼とは呼べぬ別のものに成り果てたのだわ）

けれどそこがまた面白い、と香澄は思ってしまう。どこまでも自分の想像通りにはいかない朧という存在は、かえって香澄の一風変わった嗜好《しこう》をくすぐってやまないのだった。

「……ところで、朝食はお気に召しまして？　朧」

「うむ、この肉も汁物もすべてが美味じゃ。昔の味は確《しか》とは思い出せぬが、ほとんど味などなかったように思うのでな。この時代は美味《うま》いものがたんとあって嬉しい限り」

「それは何よりですわ。確かに調味料が大きく発展したのは江戸の頃ですものね」

「だが、昨夜の羊羹に勝るものはなさそうじゃ……まあ、人の食い物では実際我の腹は膨れぬ。味を楽しむのもよいが、そろそろひもじくなってきたわ」

「今日は帝都を案内して差し上げます。その道中でお腹《なか》を満たしたらいかが」

「うむ、そうしよう」

香澄と朧は朝食をとった後、ゆっくりと景色を見たいからと自動車を断って馴染みの俥《くるま》を呼びつけた。香澄の外出の際にはいつも付き添う女中がついて来ようとしたが、朧が一緒にいるから大丈夫と香澄は断った。家族には朧の正体を説明しその身分も口裏を合わせたが、使用人たちには何も明かしていないのだ。道中で朧がおかしな行動をしないとも限らないので、家の者を伴いたくはないのだった。

香澄と朧をそれぞれに乗せた俥を引く車夫たちは威勢よく走り出し、赤坂の屋敷から香澄の通う女学校に向かった。学校の門の前で俥を降り、香澄は朧にゆっくりと歩きながら説明をする。

「朧。ここは私の学《まな》び舎《や》の覚《かく》習《しゅう》院《いん》女学校。ここで私は勉強をしていますの。今日はお休みですから、生徒は誰もいませんわ」

「学校、とな」

「あなたの時代にはなかったでしょうね。同じ年頃の者たちが集まって様々なことを学ぶんですのよ。まあ……女性は成績がどうのとはやかましく言われませんけれど」

朧は物珍しそうに辺りを見回している。

この一帯は華族や陸軍の学校などがあり、皇族や華族、官僚、軍関係者などの人々の住宅街となっていることから、上品で閑静な雰囲気がある。道行く者たちも質のよい服を着て、豊かな余裕のある表情をしている。

そこへゆくと、白の蚊絣《かがすり》に黒の帯を締め、ゆったりと歩いている朧はふしぎにこの空間に溶け込んでいる。後ろに束ねた黒髪の、男にしては長過ぎるのが少し目を引くが、白い日傘を差してあさぎ色の絽《ろ》の着物を着た香澄と並べば、いかにもこの土地に似合いの、育ちのよい姉弟に見えるのに違いなかった。

だがいくら裕福な人種といえど、人である以上陰気を孕《はら》み、鬼は憑く。朧はそわそわしながら人々にまとわりつく大小の鬼たちを見つめ、あさましく喉《のど》を鳴らしている。

「強欲の鬼どもがなかなか多いのう。香澄、喰ろうてもよいのじゃな」

「ええ、どうぞお好きに。ただなるべく人に見られていないときになさって。鬼を吸うとき、あなた一瞬ですけれど目が赤くなるんですもの」

朧の好む大きな鬼の憑いている人々が多いのはもっとごみごみした歓楽街の辺りだろうが、最初からそんなところへ連れて行っては興奮して何をしでかすかわからない。まだ人の姿を得てから少しの時間しか経っていないのだ。現世に慣れさせるためにも、香澄は坂之上家の屋敷の近くから案内することにしたのだった。

朧は見繕《みつくろ》った先から次々に鬼を吸い込んでゆく。朧に気づけば鬼たちは逃げようとするのだが、その暇もなく一瞬で喰われてしまうのでたちまち周囲の人々から鬼は消えた。だが、すぐにまた別の鬼が這い寄るのは常のこと。手当り次第に貪《むさぼ》ったとしても、人が存在する限り、朧が食事に困ることはない。

「いかが？　満足しまして？」

「うむ。なかなか美味じゃ。なりは小さいが上質な陰の気を溜め込んでおる鬼が多かったのう」

「それってどういう意味ですの」

「業の数よりも深さということじゃ。数多の盗みを働いた者に憑く鬼よりも、一人殺《あや》めた者に憑く鬼の方が美味い、と言えばわかるか？」

「聞かなかったことにしておきますわ」

朧は鬼をたらふく喰らって機嫌もよくなったらしく、鼻歌でも歌い出しそうな雰囲気だ。

その食事風景は傍《はた》から見ればただ深呼吸をしているようにしか見えない。その後少し口元を動かして飲み込むので、鬼の見えぬ人々からすれば飴《あめ》でも舐《な》めている様子に思えることだろう。ただ目が赤く光るのが困りものだが、こうして昼日中の通りであれば日光の加減で誤魔化せそうではある。

「ところで、先ほどから思っておったのじゃが……街行く者どもは時折妙な格好をしているのう」

「妙な格好？　ああ、洋装のことですかしら」

「洋装というのか？　こう、随分ぴったりしているというか、窮屈《きゅうくつ》に見えるのじゃが」

「西洋の服装ですのよ。脱ぎ着が簡単だというので、今ではそちらを好む人も多いですわ」

「なに。ではこの国は異国に侵略されたのか」

「違います。欧米の文明はとても進んでいますので、それらを取り入れてこの国を近代化させようということですの。帝都では今や西洋と日本の文化が入り乱れていますわ」

香澄自身は、発展した文明の恩恵を日常生活で享受しているものの、衣服に関しては和装の方を好んでいる。着心地や見た目というよりも、着物でいる方が身のうちに湧いてくる妖力が安定するような気がするのだ。

「帝都……今の都はこの東《あずま》の地か」

「東京、と呼びますのよ。五十年ほど前に江戸から名前が変わりましたの」

「ふむ……昔とは何もかもが変わっておるのう。おもしろきことよ」

「特に、明治からは大きく変わりましたから。けれどあなたの順応の早さには驚くばかりですわ。今に私よりもハイカラになってしまうかもしれませんわね」

「はいから？」

「西洋の文化に通じる洒落《しゃれ》た人のことですわ」

香澄は先生のようにいちいち様々なことに興味を示す朧に教えながら、学校の前を通り過ぎ、紀伊国坂《きのくにざか》に差し掛かる。側に弁慶堀《べんけいぼり》があり、どことなく湿った空気が辺りに澱んでいる。

「朧、ここは『狢《むじな》』で有名な坂ですの」

「ほう。この坂はあの妖が好んで通るのか」

「明治に出た『怪談』という本に書かれていたのです。作者は日本に帰化した希臘《ギリシャ》人ですのよ」

「ぎりしゃ？　異国の者が日本の妖を知っているというのか」

朧は目を丸くして驚いている。

「婆は皆が魔を恐れなくなったと言うておったが、異人が我らを知っているのなら、まだそう忘れられたわけではないのではないか」

「形が変わっただけですわ。妖の存在は皆知っていますけれど、お話の中のものと思うようになったのです。あなたの時代の人々のように、本気で信じる人々は確かに減っているのですわ」

「見えぬものは信じぬ、ということか」

「……鬼と女とは人に見えぬぞよき」

「鬼と、女？」

「『虫めづる姫君』という短編の一句ですわ。昔の高貴な女性は人前に直接顔を出すことを禁じられていましたの。鬼と女は人に見えぬ方がよい……今は女も平気で皆の前に顔を出しますから、少しは認めてもらえるようになりました。大概の人に見えぬ鬼は、存在が消えてゆくばかりなのでしょうね」

なるほど、と朧は頷く。しかし人々が妖どもを信じなくなっているという話には鬼として複雑な気持ちを抱いている様子だ。

「ふむ。我ほどの鬼は力の強さゆえ常人にも姿が見えるがのう……そうじゃ、香澄。おぬしが鬼どもに名をつけ我のように実体を持たせてはどうじゃ」

「あなたは元々自分の名が思い出せなかっただけで、私はそれを横から手助けしただけのこと。元来自ら実体を作ることのできない鬼たちには名をつけても無駄です。それに……お守《も》りはあなた一人で十分ですわ」

紀伊国坂を通り過ぎ、やがて二人は洋風の荘厳な門構えの宮殿の前へ来た。その外観を見て、朧は子どものような歓声を上げる。

「ここは赤坂離宮《あかさかりきゅう》。あなたはきっとこんなものを見るのは初めてでしょう?」

「おお……すごいぞ！　何やら面妖な建物じゃな。まるでこの国のものではないようじゃ」

「その通り。この洋風の宮殿は仏蘭西《フランス》や英吉利《イギリス》のものを真似て造られたもののようですわ」

明治の末に東宮御所《とうぐうごしょ》として建てられたこのネオ・バロック建築の宮殿は、きらびやかな光をまとい、この界隈《かいわい》でもひときわ目立つ建造物だ。

(これでは、朧が日本が異国に侵略されたと思っても無理はないかもしれませんわね)

生まれたときからすでに和と洋とが入り乱れている風景が当たり前だった香澄には思いも寄らなかったことだが、確かに日本は『侵略』されているのかもしれない。便利な文明、華やかな文化、新しい思想――武力を持って支配せずとも、この国の精神はすでにその侵略を嬉々として受け入れている。それを『侵略』と呼ぶことが、島国であり大陸の影響を大きく受けず、独自の世界を創っていった日本という国そのものの性格なのだろうか。

だが同時に、攘夷《じょうい》の精神を受け継ぐ者たちは未だに多いが、異国の先進的なものを享受し、すぐに自分たちに合うように作り替えてしまう器用さもまた、日本の特色なのである。

ゆっくりと散策を続けていたが、気づけば太陽はほぼ真上にのぼっている。午後から琴やピアノ、仏蘭西語などの稽古の入っている香澄は、この後昼食をとることも考えると、そろそろ帰らねばならない時間だ。

「それじゃ、近くに虎屋《とらや》がありますから、あなたの好きな羊羹でも買って帰りましょうか」

「なにっ」

軽く香澄が提案した途端、たちまち朧の目の色が変わる。

「あの珠玉《しゅぎょく》の菓子が近くで売っているというのか。なぜそれを先に言わぬ。はよう行こう、香澄、はよう」

「ち、ちょっと、そう急かさないでくださいな。先ほどお腹いっぱいになったのでしょ？」

「羊羹は別腹じゃ！」

どこでそんな言葉を覚えたのかと呆気にとられながら、香澄は朧にせっつかれて老舗《しにせ》の和菓子屋へ向かう。はようはようと朧が香澄の袖を引っ張って振り立てるので、脚がもつれ、危うく通りを走っていた自動車にひかれそうになった。

自動車は大戦好況で大正の世ではかなり普及していたが、まだ交通整備が整っておらず通行人などと同じ道を走っていたので、交通事故は多かった。

ひとつ間違えば鬼の朧はまだしも、人の身の香澄は大惨事である。さすがに香澄は目を剝《む》いてこの子どものような鬼を叱りつけた。

「ちょっと朧！　危ないじゃありませんの。もっと落ち着きなさい」

「だって、羊羹……」

「……明王ノナハニテカラメ取、縛ルケシキハ不動明王」

「へっ？」

香澄は呪を唱えながら印を結んでゆく。

「シメ寄テ縛ルケシキハネンカケル、ナニハナダハナキモノナリ、生霊死霊怨霊カラメ取リタマエ、タマハズンバ不動明王、ヲンビシビシ……」

「だめえっ！　やめてえ！　あのビシビシ縛るやつはもう嫌なんじゃ〜〜！」

朧は泣きながら香澄に縋《すが》りつく。簡単な金縛法だが、縛られる鬼にはよほどの苦痛があるらしい。

香澄は冷然とした表情でフンと鼻を鳴らす。

「だったら私の言うことを聞いてくださらない？　朧」

　平安の世で最凶と恐れられた鬼神だった少年は、頬を涙に濡らしながら、こくこくと従順に頷くしかなかった。

　打って変わってしょげかえり大人しくついてくる朧に、香澄はちょっとばかりやり過ぎたかと少し哀れを催《もよお》す。どうもこの鬼に対しては、必要以上にいじめたくなってしまうのだ。

　だがそれも束の間のことだった。

「ん……？　あれは……」

「どうかなさいましたの、朧」

　朧は何かに気づき、ぱあっと顔を輝かせる。あまり表情の変わらない香澄は、そのよく変わる顔を見ているだけで面白い。

「おお、見よ、香澄！　あれにあるは珍しい獲物ぞ」

「獲物ですって……？」

　朧の指し示す先には、一人の少女が虎屋の包みを手にとぼとぼと歩いている。その姿を見て香澄は目を瞠《みは》った。少女に憑いている妖は、猫の形をしていたのだ。

「あれは……猫鬼《びょうき》」

「その通り。大陸でかつて大流行したという、蠱毒《こどく》の中でも強力な代物じゃ。まさか現世で出会うことができるとはのう」

蠱毒――生き物を用いた強力な呪術である。たとえば百足や蛇などの虫を壺《つぼ》に閉じ込め共食いさせ、最後に残った虫を神として祀り、その毒を用いて相手を殺すのだ。

犬を使えば犬神となり、猫を使えば猫鬼となる。その作り方は虫と同じように恐ろしく残虐であり、飢えさせた犬猫の首を落とすことでその飢餓《きが》が原始的で猛烈な怨念を生み、強力な呪法の道具となるのだ。その首を往来の激しい通りの地中に埋め、何日間か人々に踏ませる。そのことで呪力は強くなり完成するのだという。

この方法は虫や動物に限らず人の首でも同様に行われる。異相の者と生前約束をし、死後にその首をとってやはり地中に埋めるのである。それは呪力を得て外法仏《げほうぼとけ》となり、あらゆる望みを叶えるという。

犬神は四国を中心にして盛んに創られ、犬神はその家の子々孫々にいたるまで憑いて離れぬため、今でも犬神の憑いた家は犬神筋と呼ばれ疎《うと》まれ恐れられている。

猫鬼は大陸でかつて大流行し、隋《ずい》時代の皇后らも猫鬼に呪われた。このためこの邪悪な呪術は禁呪となったほどであった。

「あの小娘が猫鬼を創り出したのかのう？　ちと不完全な猫鬼じゃ。まだ生じて間もないようじゃが……」

二人と少女との距離が近くなると、香澄はあっと声を上げそうになった。

「あの方は……」

「ん？　どうした、知り合いか」

「私の級友ですわ。先ほど案内した女学校でともに学ぶお友達です」

小野暁子《おのあきこ》。才色兼備、品行方正と名高い子爵令嬢である。

「どうして暁子様が猫鬼など……先日学校でお会いしたときはあの方にあんなものは憑いていなかったはずですわ」

「猫鬼は猫を殺して四十九日祀った後に生じる呪法じゃからのう。昨日か今日かが四十九日目だったんじゃろう……、あ、いや、十二日じゃったか？　六十日じゃったかのう……まあ、とにかくあれは生じたばかりの猫鬼じゃ。ごくごく最近完成したのじゃろ」

「確かに暁子様は猫を飼っていらしたはず……けれど、猫鬼などという残虐なものを創れるような方じゃありませんわ。とても可愛がっていらしたはずだもの」

「しかし、あの女が猫鬼を使役していることは事実じゃ。案外、裏の顔でもあるのではないか？　ひっひっひ」

「そんな……」

朧は舌なめずりをして喜んでいる。邪気を好む鬼は人の醜い陰惨な感情が大好物だ。しかも滅多に見ない珍しい鬼を見て興奮が抑え切れないのだろう。

香澄は初めて朧の鬼らしい部分を発見したような心持ちになったが、今はそれどころではない。

（どうして、暁子様が……信じられないわ）

他に鬼を創りそうな者は級友のなかにいないでもないが、暁子だけは違う、と強く思う。彼女は誰よりも清廉で雅《みやび》であり、公家《くげ》の血をありありと感じさせるほど臈長《ろうた》けた才女なのである。誰かの悪口を言うことも何かを批難することもない。常に思慮深く聡明で、教師すらも彼女の前では背筋が伸びるほど、侵し難い、清らかな空気をまとっている人だった。

そんな暁子が、可愛がっていた猫を残虐な方法で猫鬼にしたなど考えられない。香澄は狼狽《ろうばい》し、どうすればよいのかわからなくなっていた。

暁子を観察していた朧はいよいよ嬉しそうに喉を鳴らし、下卑た笑いを浮かべている。

「見える、見えるぞ。あの女の発するとてつもない憎悪が。あの者、近々猫鬼を使って誰かを呪い殺すつもりじゃ」

「そ……そんなことを暁子様にさせられません。朧、今すぐにあれを食べておしまいなさいな。先ほどのようにぺろっと」

「いやじゃいやじゃ。せっかくの珍味《ちんみ》に出会えたというのに、あんな未熟な青臭い猫鬼はいやじゃ。も少し育てて旨味《うまみ》が増してから喰うんじゃ」

意外にも拒絶した朧に香澄は呆気にとられる。鬼と見ればすぐに喰いたがっていたものが、なぜ突然こんな美食家めいたことを言い始めるのか。

「何をごねているの。言う通りにしないとまたお仕置きですわよ」

「今回ばかりはいやじゃ。いくらビシビシされても今すぐには喰らわぬぞ。あと少し、あと少し待つだけでよいのじゃよ～そうすれば旨味とコクが更に増し……」

「意味のわからないことを言っていないで、早くっ……」

「……香澄様？」

香澄はハッとして言葉を呑み込んだ。

気づけば、すぐ近くまで来ていた暁子が、香澄たちを見つめてふしぎそうな顔をしていた。これだけ大騒ぎで言い合っていれば気づいて当然である。

「まあ……。やっぱり香澄様だわ。ごきげんよう」

「ご、ごきげんよう、暁子様」

「こんなところで会うなんて奇遇ですわねえ」

暁子は淑《しと》やかな笑みを浮かべ、「そちらの方は……」と朧に視線を移す。

思わずどきりとする香澄だったが、級友が朧の正体を知っているはずもない。努めて平静を装い、設定通りの間柄を口にする。

「私の弟の朧でございます」

「まあ、弟様がいらっしゃいましたのね。初めまして。私、小野暁子と申します」

「うむ。我は、朧……ということになっておる。よろしく頼むぞ」

暁子は朧の妙な喋り方にも眉をひそめず、鷹揚《おうよう》に微笑んでいる。

少し物寂しげな、目元の美しい少女だ。可憐《かれん》な白い百合の花がひっそりと日陰に咲いているような、そんな儚《はかな》い憂《うれ》いのある娘である。蓮《はす》の模様を染め抜いた水色の着物を着て白い帯を締め、すいと立つ姿は美人画から抜け出てきた令嬢そのものだ。つややかな黒髪を束髪に結い上げ、白い半襟《えり》から伸びた首筋が美しい。

学校での海老茶袴《ばかま》の姿しか見たことのなかった暁子だが、着物姿も平生の彼女の雰囲気に違《たが》うものではなかった——肩に乗った猫鬼の姿を除けば。

猫鬼は朧を見ても逃げ出しはしない。ただ威嚇《いかく》するように毛を逆立て、暁子にべったりとしがみついたままこちらを強く警戒している。

その姿は鬼とはいえ猫そのものだ。ただ禍々しい光をたたえる金の瞳と、ゆらりゆらりと水中にいるように揺曳《ようえい》する輪郭は、やはり妖。だが、通常の生きた猫が長じて妖力を得て猫又、化け猫と変化するものとは違う。猫鬼は人間が呪法の道具としてあえて創り出す魔物。香澄はその姿を眺めていると哀れさに胸の締め付けられるような思いがする。

「香澄様はこの近くに御用がおありでしたの？」

「そうなんです。暁子様も、虎屋のお菓子を買いに？」

「ええ。今、お客様がいらしていて……使用人も皆、忙しそうなもので、私が」

香澄は意外に思った。なぜなら、大概の華族令嬢は金を自分で持ったこともなく、ものの値段も買い方も知らぬ者が多いからだ。

坂之上家は少し変わっていて、財布を握る歌子に香澄が何かを買うと伝えればその分だけのものを持たせてくれる。菓子を買うにも、菓子屋が重箱のような器に入れた様々な菓子を屋敷まで持ってきて、家にいながらにして買うことができるのだが、香澄は機会があればそれを自ら買いに出かけることを好んでいた。菓子に限らず服でも本でも香澄自身が買いにいく必要は少しもないのだが、品物の方から勝手にやってくるというのは、香澄にはどうもつまらないように思えるのだ。

だが、暁子のようないかにも深窓の令嬢といった娘は、休みの日など屋敷から一歩も出ないような気がしていたので、こうしてわざわざ菓子を買いにやってくるということがふしぎであった。

「暁子様自らがなんて、とても大事なお客様なんですのね」

「ええ、その……」

暁子は長い睫毛を伏せ頬を赤らめる。

「最近、使用人の多くに暇《いとま》を出しましたの……今はほんの数人しかおりませんので」

「そ、そうでしたの……」

香澄は自分の不用意な言葉に赤面した。

華族と名はついていても、どの家も富裕なわけではない。働いたこともなく世間知らずの殿様たちは、詐欺師などによく騙《だま》され金を奪われてしまい零落《れいらく》する。そうして十分な資産もないのにこれまで通り贅沢《ぜいたく》な生活を続け、気がついたときには何も残っていない。

大戦好況で突如出現した数多の成金たちなどがこうした貧乏華族に目を付け、金と引き換えにその地位や名誉を求め令嬢を娶《めと》ることも多い。貧窮ゆえに華族としての体面を保《たも》てなくなった家は爵位を返上するより他なく、それならばと泣く泣く娘を差し出すのである。

そんな新聞のゴシップ記事などを思い浮かべながら、香澄は暁子の家も相当に厳しい状態のようだと推察する。一歩間違えば坂之上家とて同じように悪者に金を毟《むし》り取られおかしな企業に出資して没落していたかもしれない。だが坂之上家の幸運なことは人の陰気を好む鬼が見える者がいることである。よからぬことを考えている輩はその姿を見れば一目瞭然《りょうぜん》。そのため投資に失敗することもなく、順風満帆な生活を送れているのである。

香澄は気を取り直すように暁子に問いかけた。

「あの、暁子様のおうちはこのお近くですの？」

ええ、と頷き、暁子は少し考えるように沈黙する。

香澄は秘かに暁子を観察していたが、様子がおかしいこともなく、普段通りの暁子である。やはり、猫鬼を創るようには思えない。それとも、朧の言う通り、ひた隠しにした裏の顔があるのだろうか。

「あの……香澄様。少しだけ、うちに寄っていかれませんこと」

「え？　暁子様のおうちへ？」

「ええ。ほんの少しでよいのだけれど……その、弟の朧様もご一緒に」

二人は顔を見合わせた。香澄は午後から稽古事があるのだが、ほんの少しという程度なら問題ない。何より、猫鬼などを連れている暁子である。何か事情が聞き出せるのならば、願ってもない機会だった。

「もちろんですわ。ご家族の方がご迷惑でなければ……」

「迷惑だなんて、とんでもない。私、いつか香澄様と学校以外でお喋りがしたいと思っていましたの。ここで会ったのも何かの縁ですから、ぜひ」

暁子は待たせてあったらしい俥に乗り、香澄と朧の分の俥も呼び寄せた。麻布《あざぶ》の方へ少し走らせ、二人は立派な日本家屋の門の前に降ろされた。

そのとき、唐突に朧がハッとした顔で香澄に縋りつく。

「香澄、我は大変なことを思い出したぞ」

「どうしました」

「まだ羊羹を買っておらなんだ。我としたことが、目の前の獲物に目が眩《くら》んで……」

おかしなことを言い出しかねない朧の口を慌てて塞《ふさ》ぐが、少し聞いていたらしい暁子がこちらを見て微笑んだ。

「あの、羊羹でしたら今買ってきたものがございますから、差し上げますわ」

「なに、まことか！」

「お、朧。あの、暁子様、どうぞお気になさらず。また後で買って参りますので」

「多めに買いましたから大丈夫ですわ。遠慮なく召し上がって」

仮にも弟と紹介した朧が羊羹ごときで子どものように騒いだことが恥ずかしく、香澄は真っ赤になっていたが、当の本人は飛び上がらんばかりに喜んでいる。

「暁子はなんと親切な娘じゃ。この香澄とは大違いじゃのう」

「ふっふ。朧様って、面白い方ね、香澄様」

香澄は言葉もない。じろりと横目で朧を睨みつけるものの、羊羹で頭がいっぱいの鬼はまったく意に介していない。

暁子は屋敷に入って迎えに出た女中に買ってきたものを渡し、何かを言いつけた後、二人を伴って奥の座敷へ進んだ。そこに後から女中が三人分の羊羹と緑茶を持ってきて、どうぞごゆっくりとお辞儀をして去って行く。

十畳ほどの室内は心なしかがらんとしていて寂しげだ。なぜだろうと何気なく観察していたが、床の間や壁などに何もものがないことが原因とわかり、香澄は小野家の事情を一目で把握したように思った。元はここにあった掛け軸や壺などのなにがしかのものはすべて売り払ってしまったのだろう。使用人に暇を出し、家財を売り払い——小野家の懐事情は、想像よりもずっと悪いのかもしれない。

内心動揺する香澄をよそに、朧は早速羊羹を口に含み、うっとりとしてその味を楽しんでいる。

「ああ、この喉を通り過ぎてゆく感覚……極上の鬼を飲み下したときに勝るとも劣らぬわ……」

「え、オニ？」

「あ、あらいやだ。この子時々妙なお国言葉が出て、私も意味がわからないことがございますの。ふふふ。あ、最近地方から父が引き取ったものでございますから。その、身内の恥を晒《さら》すようですけれど」

「まあ、そうでしたの。それで、香澄様がご近所を案内されていたのね」

朧を香澄の弟と信じて疑わぬ様子の暁子に、それほど自分たちは姉弟として違和感がないのだろうかと、内心複雑な心持ちになる。この復活した悪路王を他人に弟として紹介したのは初めてのことだったが、この分なら誰でも騙せるだろう——朧がよほど妙なことをやらかさない限りは。

そのとき、廊下を無遠慮に歩く大きな足音が近づいてきたかと思うと、乱暴に襖《ふすま》が開けられた。そこには背広姿のがっちりとした体つきの、背の高い男が立っていた。顔立ちは整っているが、眉のあたりにどことなく険があり、口元には猥雑《わいざつ》な笑みが浮かんでいる。上着もややくたびれて品のない雰囲気だ。その外見よりも何よりも、群がる大小の鬼の数が男の性根を物語っている。

「おい、暁子さん」

名前を呼ばれて、暁子は肩を僅《わず》かに揺らしてゆっくりと振り返る。その顔に一瞬激しい嫌悪の表情が通り過ぎたのを香澄は見た。そして、傍らの猫鬼が異様に膨れ上がったのだ。ほとばしるほどの憤怒が猫鬼の毛の一本一本を針のように鋭くさせ、今にも男に飛びかからんばかりである。

凄まじい憎悪の念――それは男に向かって炎のように滾《たぎ》っている。

香澄と朧は目配せする。確実に、猫鬼はあの男を呪うために創られたものだ。暁子は男を憎んでいる。それは一体なぜなのか。

「なんだ、帰ってきていたんじゃないか。どうしてこちらに顔を見せない」

「申し訳ございません、貝原《かいばら》様。あの、今お菓子を買いに参りました先で、偶然会ったお友達をお連れいたしましたの。ですから……」

「お友達？」

貝原と呼ばれた男は香澄と朧を無遠慮にじろじろと観察し、フンと鼻を鳴らした。

「そうか。まあ、いい。今日は帰る」

そう言い捨てて、乱暴に襖を閉じると、また大きな足音を立てて去っていく。

二人はぽかんとしていたが、暁子は顔を赤くして落ち着きのない様子だ。

「申し訳ございません、香澄様。実は、その……」

「あの男と話したくないから、我らを呼んだのじゃな？」

直接的な朧の指摘に、暁子は更に頬に血の気をのぼらせて項垂《うなだ》れる。

「あの……ええ、その通りです。ごめんなさい……」

「いいんですのよ、暁子様。どうか謝らないで」

猫鬼の標的は明らかになった。だが、なぜ暁子があの男を呪おうとしているのか、それが問題である。

「あの、失礼ですけれど、あの方はどういった……」

「……父の学友だった方です」

暁子はひどく躊躇《ためら》いながら口を開く。

「今年の春に突然、うちに現れて……その、父に仕事の取引を持ちかけたり、色々と……いらっしゃるようになったんですの」

「まあ、お仕事の関係で」

父親の仕事関係の人間が、なぜ暁子に会いたがっていたのだろう。それは明らかに妙だったが、暁子は貝原のことをこれ以上話したくはないようだ。

だがあの鬼の数を見れば、貝原がよくない種類の人間であることは明白だ。ありがちな状況だが、世間知らずの小野子爵から金を毟り取りながらこの屋敷に入り浸っている詐欺師なのではあるまいか。

香澄は強いて追及することを諦め、肝心のことを訊ねた。

「ところで、暁子様。猫ちゃんはいらっしゃらないの？」

「え……」

「以前お話されていらっしゃった、子猫のことですわ。確か、『たま』というお名前の。私、ぜひ見てみたいわ」

「あ、その……」

途端に、暁子の顔色が変わる。やはり、この猫鬼は飼っていた子猫を使ったものなのか。まさか暁子が飼い猫を殺すまいと信じていた香澄はにわかに失望を覚えた。あの男憎さに、彼女は罪のない猫の命を奪ったのだろうか？

暁子はしばらく黙り込んだかと思うと、突然、顔を覆ってしくしくと泣き出した。

「たまは……たまは、もういません」

絞り出すように、暁子は呟く。

「ごめんなさい……これ以上は……」

「暁子様……」

暁子はすすり泣くばかりで、何も言おうとしない。香澄が困惑していると、いつの間にか羊羹を食べ終えた朧が口を出してくる。

「暁子よ。我らにその話を聞かせてくれぬか」

「お、朧……あなた」

「よいではないか、香澄。こうなったら話してしまえ」

何を話すというのか。一体どこまで。

香澄は朧が何を言い出すのか気が気ではなかったが、確かにこちらが見えているものをある程度明かしてしまわねば、暁子は泣くばかりで、話は進まなそうではある。

香澄が逡巡《しゅんじゅん》しているうちに、朧は勝手に喋り始めた。

「暁子。我らには、人に見えぬものが見える。たとえば、おぬしの肩にずっと居座っている、猫のこともな」

「えっ……、猫……？」

「そうじゃ。それが、おぬしの愛猫のたまであろう？」

暁子は涙に濡れた目を丸くして朧を凝然と見た。

「なぜ、猫鬼などにした」

「びょう、き……」

暁子の唇が震え、彼女の動揺の激しさを物語る。

「私には……何のことか……」

「暁子よ、よく聞け。その猫はまだ完全な猫鬼になったわけではない。鬼として生じたわけではなく、強引に作り替えられたものじゃからな。だがこのまま人を呪い殺めれば、その猫は魂まで鬼と化し、輪廻に戻ることはなくなるじゃろう。消滅の後に訪れるのは、完全なる無じゃ。我の言う意味がわかるか」

　暁子はゆっくりと首を横に振る。

「つまり、おぬしの猫が猫鬼となり、人を殺めれば、猫の魂は再び生まれ変わることはなくいずれ無に帰する。どんなに重い罪を犯した極悪人でも、地獄道に落ち罰を受けた後に輪廻に戻り生をやり直すことができるが、鬼になればそれが不可能となる。それが輪廻に戻れなくなる――鬼に成るということなのじゃ」

　暁子は蒼白い顔でじっと畳を見つめている。朧の言うことを理解しているのかいないのか、薄い唇を引き結び凍りついたように動かない。

「よく考えることじゃ。猫を哀れと思うならば、呪いなどやめてしまえ。人を呪わば穴二つ。猫鬼は大陸で禁呪となったほどの強力な呪いじゃ。素人に扱いきれるものではない」

　鬼が鬼を使うなと人間に説得している。香澄はその妙な状況を観察しながら、はたと時間が迫っていることに気がついた。このままでは昼食をとる時間もないかもしれないと、とりあえずいただくものはいただいてからお暇《いとま》することにする。

　何気ない所作で黒文字を手に取り、器の上の羊羹を切ろうとする。だが、手応えがない。視線を下げてみれば、そこにあったはずの食べかけの羊羹は、いつの間にか綺麗《きれい》さっぱりなくなっていたのだった。

「朧、あなた言っていることが違うじゃないの」

小野家を辞し、俥で慌ただしく帰宅して稽古事を終えた後、香澄は父の書斎で手当たり次第に本を読み散らかしていた朧に問いかける。

「何がじゃ?」

「猫鬼をもっと成長させてから食べると言っていたじゃありませんか」

ああそのことか、と朧は読んでいた本を伏せ、にっこりと微笑む。相変わらず凶悪な鬼とは見えぬ顔である。

「少し気が変わったんじゃ。何やらあの娘には仔細がありそうじゃからの」

「お優しいこと」

「まあ、も少し待てばあの娘の憎悪を蓄《たくわ》え旨味は増すじゃろ。少しでよいのじゃ。我はその繊細な味の違いにこだわる鬼なのじゃ」

「ということは、結局食べてしまいますの?」

「もちろんじゃ。あれはまだ完全な猫鬼でもないが、あのままでは元の猫の魂に戻れるわけでもない。猫を猫鬼と成した陰気を喰らうのよ。それが魂と一体化してしまえば輪廻には戻れぬが、その前ならば猫の魂を縛っておった呪だけを呑み込むのじゃから、魂そのものは解放される」

そんな器用なことができるのかと香澄は驚いた。鬼を喰らう朧は、ただ丸ごと吸い込んで飲み下しているようにしか見えない。猫の魂を核とした鬼を喰らうときにはどうするというのだろう。

「暁子様が、やはり猫鬼を創ったのかしら」

「ほぼ間違いあるまい。どこでどうやり方を覚えたのか知らぬが、偶然あんなものができるとは思えぬしな。まあ、しかし呪が不完全なお陰でまだあの猫を救ってやれる隙もできたわけじゃが」

猫鬼を創ったのが暁子で間違いないとすれば、原因はやはりあの貝原にありそうだ。

「それにしても……気になりますわね。あの貝原という男」

「陰気をたっぷりまとったいやらしい男じゃったのう。鬼どもには垂涎《すいぜん》ものじゃよ」

「暁子様が心配だわ……」

結局貝のように口を閉ざして何も語らなかった暁子だが、朧の言葉には明らかに動揺していた。だが、猫鬼を創ってしまうほどの憎悪は簡単には消えないだろう。学校でまた様子を探ってみるしかない。

「ところで、朧。今日の夕食後の羊羹ですけれど」

「おお！　婆が買《こ》うてきてくれたというものじゃな」

「あなたの分はありませんから」

朧はキョトンとした顔で首を傾げる。それを憎々しげに眺めながら、香澄は冷たく鼻で嗤《わら》った。

「当然でしょう？　あなた、暁子様のお宅で私の分の羊羹を食べてしまったじゃありませんか」

「だ、だって、香澄が手をつけておらなんだから、てっきりいらぬものと」

「犬や猫じゃあるまいし、食べる前にきちんと確認するべきでしたわね。ということで、今夜のあなたの羊羹は私のものです」

「お、鬼……」

涙ぐむ朧を見て、香澄はようやく溜飲《りゅういん》を下げた。食べ物の恨みは怖いのである。

＊＊＊

月曜日、いつも通り俥で登校した香澄が級友たちに挨拶《あいさつ》をしながら教室へ入ると、遠慮がちに袖を引いてくる者があった。

「香澄様」

「暁子様……」

話しかけようと思っていた暁子の方から、香澄に声をかけてきたのだ。内心驚きつつ、香澄は何食わぬ顔で「おはようございます」と微笑んだ。

「あの、お話がありますの。あの件で……」

暁子は浮かぬ顔つきである。先日会ったときから心境の変化があったことは明らかで、少し焦っている様子にも見えた。だが、最も大きな変化は他にあった。

（肩に猫鬼がいない……）

暁子を守るように離れまいと肩に乗っていた猫鬼の姿が、今日はないのである。暁子が朧の説得に応じて、何かで呪いを封印したのだろうか。やや憔悴《しょうすい》した様子の暁子は縋るように香澄を見つめている。

恥ずかしい話で人に聞かれたくないからというので、学校が終わった後、香澄は暁子を連れて坂之上家の屋敷へ帰った。猫鬼が入れば屋敷を囲む結界に弾かれてしまうだろうが、今の暁子ならば問題ない。香澄は歌子に友人を連れてきた旨を伝え、了解をとった。その後お茶を運ぶように使用人に言いつけ、真っ直ぐに自室へ向かう。

朧はまた毅の書斎にでもこもっているのか、姿が見えない。何しろ千年眠っていたので現世のことが何もわからぬと、一通りの常識を自ら学ぶことにしたようである。鬼が勉学に励むなどとは聞いたことがないが、香澄は好きにさせている。

母屋の奥にある香澄の部屋は衣服の好みと同じく純和風だ。畳に床の間に文机。市松人形が飾られ季節の花々の活けられた景色は女の子らしいといえばそうだが、香澄の本来の趣味はさすがに人目をはばかって押し入れの奥に隠されている。中でも宝物は『九相図《くそうず》』という人間の死体の腐りゆく過程を描いた絵の写しである。香澄は時としてその絵を飽かず眺めて夜を過ごすこともあった。

生命力に満ちあふれた輝かしいもの、香《かぐわ》しい花が今を盛りと咲き誇る姿、誰もが振り向かずにはおれない美しいものたち——そんな人々が魅了される一切のものに香澄は興味を覚えることができない。死にゆくもの、腐りゆくもの、醜い歪《いびつ》なもの……生きた者たちにとっては毒を孕むそれらが香澄は愛おしくて仕方がないのである。

「どうぞ、狭いところですけれど、お入りになって。暁子様」

中に日光を溜め込んだ真夏の部屋は蒸し暑く、少し窓を開けて風を通す。

女中が冷たい麦茶を運んできて卓子の上に置き、静かに去っていく。二人が座布団に座り、向かい合って黙り込んでいると、その沈黙を教えるように、縁側の風鈴がちりんと軽やかに鳴った。

　暁子は「いただきます」と小さく言って麦茶を飲み、しばらくして腹を決めたように真っ直ぐに香澄を見つめた。

「こうなったら何もかもお話しいたします。香澄様は、もうとうにすべてお見通しかもしれませんけれど……」

「いいえ、私は何も。先日弟の朧が話しましたように、魑魅魍魎《ちみもうりょう》の類がすこうし、見えるだけですわ。人の心は読めません」

　暁子は目を伏せ、「そうですか」と少し笑んだ。

「それを聞いて、少し安心しましたわ。私など、澄ました顔をしていても、心の中など醜い感情で焼けただれて、二目と見られぬ姿なのですもの……」

「何もかも綺麗な人などいませんわ。顔も綺麗、心も綺麗だなんて。そんな人がいるとすれば、とうに穢《けが》らわしい俗世界から解脱《げだつ》して、神様か仏様にでもなっていますことよ」

「……本当に、そうですわね」

　くすっと笑って、暁子は沈鬱《ちんうつ》だった憂い顔に少し明るい表情を取り戻す。

「香澄様は、面白い方ね。そんな風にちょっと違った見方をする方とは思っておりませんでしたわ」

「あら……ごめんなさい、私、自分の家だとつい……」

「いいえ、どうか謝らないで。香澄様のお言葉のお陰で、私も話す勇気が湧いて参りましたから」

平生かぶっている大人しく控えめな伯爵令嬢の仮面が外れかけていたことに、香澄は少し恥ずかしく思った。暁子のようなまっとうなお姫様からすれば、自分の心の声や本音など隠してしかるべきもの。一風変わった趣味を持つ香澄は、自分が異端とわかっているからこそ、『普通』の演技をすることは必要不可欠だと理解していた。

（私は『虫愛づる姫君』のように、自分の何もかもを晒《さら》すことはできない……）

かの姫君でさえ、鬼と女は見えぬ方がよいと帷《とばり》や衝立《ついたて》の向こうに顔を隠した。にもかかわらず毛虫を愛好する趣味は隠さなかったし、自らの信条のために、当時の風習に倣《なら》わず眉も剃《そ》り落とさず、お歯黒も塗らなかった。そのため周りに疎まれ、珍獣のように見られ、少し不自由な暮らしをしていたのだ。

香澄は自分が妖を見ることができるということも、普通の人にはない力を持っていることも、風変わりな嗜好を備えていることも、家の外にはほとんど漏らしていない。家の秘密を漏らしてはいけないという決まりがあるためだが、異端であることを晒け出せば、それだけ締めつけが強くなり、結果、自由を失う。物心ついた頃から、自分が周りの女の子たちとは少し違うと悟っていた香澄は、己を隠すということが家の外にいるときの習性になっていた。

だが、香澄の素顔をほんの少しだけ垣間見た暁子は、むしろ好感を持ったようである。それは、彼女自身が異端の影を心に秘めているからなのかもしれない。

「何からお話しすればよいのかしら……。あの人……貝原孝敏《たかとし》のことは申し上げましたわよね。父の学友で、仕事の話でうちに度々来ているのだと……」

「ええ。伺いましたわ」

「端的に言ってしまえば、あの男は害虫ですわ」

淑やかな暁子の麗しい唇から、激しい嫌悪の言葉が吐き出される。

「あれは、恐ろしい害を運んでくる虫……あの男のために、我が家は内側から食い荒らされて、ほとんど崩壊しかけているのです」

「では……あの方は詐欺師でしたの？」

「ええ、そんなようなものです。いい儲け口がある、倍にして返すからと、人のいい父からどんどんお金を引き出して……」

ほぼ香澄の想像していた通りの話であった。やんごとなき公家華族の殿様である小野子爵は、世間のことなどまるで知らない。海千山千の詐欺師からすれば、赤子の手を捻《ひね》るようなものだろう。

「あの男が来る前から、小野家は決して裕福ではありませんでした。両親は世間のことなど何も知らず、すべて家職の者に任せきりだったのですわ。けれど使用人の一人がお金を持ち逃げし、父は他人を信用できなくなり自分で投資を始めました。その結果、ますます家は傾き、借金もたくさんこさえてしまって……そんなときに、貝原はやって来ました」

「暁子様のお母様は、そんな男が繰り返し屋敷に出入りすることに何も仰《おっしゃ》らないの？　家職の方は？」

「我が家の家令は父の言うことなら何でも聞いてしまう人形なのです。ですから、父と一緒になって貝原に騙されてばかり。そして、母は……」

　暁子は目元を赤くして、一度口ごもった。

「母は、別のやり方で貝原に籠絡《ろうらく》されていたのです。父と同じく世間知らずの母を、あの穢らわしい手で……」

　暁子はそれ以上口にすることができなかったが、香澄には十分、その先が想像できた。貝原は、あろうことか暁子の母と男女の関係になっているのだろう。そして、言いなりにさせている。

けれど香澄と朧が小野家を訪れたとき、貝原は暁子の姿を探していた。暁子と会いたがっていたのだ。そして、暁子はそれを避けるために、香澄たちを家へ連れ帰った。香澄はふと頭にのぼったおぞましい想像に息を呑んだ。

「まさか、暁子様……貝原という人は、あなたまで」

「いいえ！　いいえ！」

暁子は激しくかぶりを振る。

その顔は恥辱に染まり、憂いを帯びた寂しげな瞳は、今は憤怒に燃えている。

「私の貞操は守られました。たまの……たまのお陰で！」

「たま……暁子様の子猫の……？」

子猫が一体どうやって暁子を守ったというのだろう。それは生前のたまのことなのだろうか、それとも猫鬼になったたまのことなのだろうか。

暁子の怒りに震える表情は次第に沈痛な悲哀の色へと変わってゆく。

「たまの母は野良猫でした。お屋敷の床下で子どもを産んで、そのまま死んでしまったんです。乳の出ない母猫に群がっていた子猫たちもほとんどが息絶え……私が見つけたとき、たまだけが奇跡的に生きていたのです」

その話は、学校で少し前に暁子から聞いていた。それで香澄はたまの名前を知っていたのだ。

「弱った瀕死《ひんし》のたまを、私は手ずから必死で面倒を見ました。体を温め、ミルクをやり……しばらくの間、ずっと一緒に生活し、何とかこの子を生かそうと必死で世話をしました。そして、たまは元気になってくれた……」

その頃を思い返すように、暁子は涙をためた目で遠くを眺め、悲しげな微笑を浮かべている。

「たまは本当に可愛らしい子猫でした。私が『たま』と名付けて名前を呼べば屋敷のどこにいても飛んできたし、私が学校から帰ると玄関でお行儀よく座って待っていて……猫なんて気まぐれで冷たい生き物だと思っていたのに、たまはとっても甘えん坊で、誰にでも懐いたので、屋敷の皆にも愛されていました。白い毛並みに、私が結んでやった水色のリボンと小さな鈴がとてもよく似合って……金色の目は少し垂れ気味で、ちょっと泣きべそをかいているようにも見える子でした」

でも、と暁子の声が沈む。

「あの男……貝原に対してだけは、最初からたまは警戒心をあらわにしていました。これまで、どんなお客様が来ても、たまはそんな態度はとらなかったのに、貝原が屋敷に入ったのを見た途端、毛を逆立てて威嚇し、すぐさまどこかへ逃げ出していたんです」

もしかすると、たまには貝原が背負った有象無象の鬼どもが見えていたのかもしれない。動物は元来、人間よりも妖力が強い。特に、猫は非常に優れた力を持っていて、妖が見えていてもおかしくはないだろう。その潜在的な力ゆえに、蠱毒に使われれば強力な呪法の道具となってしまうのだ。

「香澄様のご想像の通り……貝原は母の次に私のこともつけ狙い始めました。足繁く屋敷を訪れては私の居所を探り……母とのことに気づいていた私は、あの男の毒牙にかかるまいと必死で身を守りました。貝原がいるときは決して一人にならないようにしていましたし、いつも気を張っておりました。けれど……」

悔しそうに唇を嚙《か》み、暁子は俯《うつむ》く。

「私もたかが小娘。あのような男から逃れられるはずはないのです。ちょっとした隙を突いて、あの男は私を一室へ連れ込み、無体を働こうとしました。私は必死で抵抗し……そのときに、たまが飛んできたのです」

「貝原から逃げていた子猫が……？」

「ええ。私も驚きました。たまは聞いたこともないような激しい声を上げて、貝原に飛びつき、その顔や手を滅茶苦茶に引っ搔《か》きました。貝原は怒りくるって……たまを、たまを、恐ろしいやり方で殺してしまったんです」

香澄は暁子の話にじっと聞き入っていた。子猫を殺したのは、暁子ではなかった。貝原孝敏だったのだ。

「たまの事切《ことき》れたのを見て、私は大きな声で泣き叫びました。使用人たちが慌ててやって来て、貝原は逃げました。私は、一晩中、たまの亡骸を抱えて泣いていました。血まみれになりながら、たまの小さな頭に頬ずりをして、たま、たまと呼びかけて接吻《せっぷん》して……もう二度とあの愛らしい声で鳴いてはくれないのだと、あの綺麗な金色の目で私を見上げてはくれないのだと、泣いて泣いて、泣き明かして……真っ赤に腫《は》れた目で外を眺めてみれば、夜明けの頃、貝原が屋敷から出て行くのが見えました。あの男は……たまを殺して逃げた後に、母の部屋で一夜を明かしていたのです」

そのふてぶてしい行動に、香澄も呆気にとられた。娘がだめだと見るや、その母のもとへ行き欲望を満たしたのだ。子猫の命を奪ったことなど、男の中では塵芥《ちりあくた》に等しい、どうでもよいことだったのだろう。

「私の心に鬼が忍び込んだのは、そのときでした。小野家は古くから続く公家の家系で、遡れば遣隋使とも繋がりがあり、古い書物やそれをわかりやすく整理した写本などもありました。私がかつていたずらに書庫で本を読み耽《ふけ》っていた頃、『猫鬼』なるものの存在に出会ったことを、よりにもよってそのときに、思い出してしまったのです……」

ようやく、話が猫鬼へと辿り着く。猫の首は貝原によって断たれたものだったが、それを鬼に変えようとしたのは、やはり暁子本人だったようだ。

「私は、私を守ろうとして死んでしまったたまを、その無念を、晴らそうと思いました。このままではたまも安らかに眠ることなどできない。そう考えたのです」

「それで……猫鬼を……」

「でも……まさか本当に猫鬼が創れていたとは、思っていませんでした。だって私には、何も見えないんですもの。本に書いてある通りに儀式を行った後は、あいつを呪ってやったという満足感があっただけでした。どうせ、本当に猫鬼が創れるなどとは思っていなかったのです。香澄様と朧様に指摘されて、初めて、私の行動が妖を創っていたのだと知りました……」

「そうだったんですのね……」

妖力に乏しい暁子は、猫鬼を成したことにさえ気づいていなかった。そんな娘が、不完全とは言え、よくも強力な蠱毒を完成させられたものだ。しかも、大元《おおもと》となる猫の首は正式な手順を踏んで作られたものではない。鬼と成すほどの、よほど深い恨みがそれを可能にしたのだろうか。

（あら……？　と、いうことは……）

晩子は呪術に関してはほとんど素人である。それならば、創り出した猫鬼を封印するなどという方法も知らぬはず。ならば、なぜ今晩子の肩に猫鬼はいないのだろうか。

「香澄よ、入るぞ」

前触れもなく襖が開かれたので、沈思していた香澄はハッと我に返る。朧がいつの間にか部屋へ入ってきて、ふしぎそうに香澄と晩子の顔を見比べていた。

「お邪魔しております、朧様」

「おお、晩子か……。おぬし、猫鬼はどこへやった」

開口一番に猫鬼の所在を訊ねる朧に、晩子は「え？」と首を傾げる。その反応を見て、朧は目を丸くした。

「まさか、呪いを放ってしまったのか？」

「朧……それじゃ、猫鬼が晩子様に憑いていないのは」

朧の表情が変わる。室内は一気に緊迫した空気に包まれた。

「まずいぞ。今猫鬼はあの男のもとにおる」

「え、そんな」

晩子も愕然《がくぜん》としている。そもそも、猫鬼の存在すら感じ取れていなかった彼女は、猫鬼が側にいないこともわかっていなかった。

朧は真剣な顔つきで腕組みをする。

「すぐさま呪い殺すほどの力はない。だが、猫鬼は呪いの対象に取り憑けば、そやつを自殺へ駆り立てることができる。そうして男が死んでしまえば、あの猫鬼はもはや……」

「貝原は今どこへ⁉」

「あ、あの男は……多分、今日もうちへ来ていたと思いますけれど……」

「それではまず暁子の家へ行こう。まだ屋敷の中にいれば話は簡単なのだが」

香澄はお抱え運転手の岩倉《いわくら》に頼んで自動車を出してもらい、三人は慌てて坂之上家を出て、小野家へ向かった。

だが、一足遅かった。使用人によれば、少し前に貝原は「今夜は新橋《しんばし》にでも飲みに行くか」と屋敷を出ていってしまったのだと言う。

「し、新橋……そんな曖昧な場所じゃどこへ行ったのかわかりませんわ」

「でも、あの男が行くならいかがわしい場所に違いありません」

「ほう。新橋にはいかがわしい場所があるのか？」

女の身である香澄や暁子、そして千年眠っていた寝ぼけた鬼ではそのような場所がどこなのかわからない。三十路《みそじ》の岩倉に頼んでそれらしき場所へ行ってもらう他なかった。

新橋花街へ自動車を走らせる頃には、夏の長い日も終わりかけ、薄闇に包まれた通りには夜の賑わいの空気が漂い、色欲の鬼もあちらこちらに蠢く気配があった。

しかし、無数にある店のどこに貝原がいるのか、見当もつかない。まさか、一軒一軒覗いてみるわけにもいかないし……と香澄が逡巡していると、朧が突然「んんっ？」と頓《とん》狂《きょう》な声を上げる。

「におう……におうぞ！」

「一体何がにおうんですの？　あなたオナラでもなさった？」

「違うわ！　猫鬼のにおいじゃ！」

朧は夢中になってにおいを辿り、周りの声も聞こえぬ様子でどんどん歩いて行く。このままではぐれてしまうと、慌てて香澄と暁子がその後を追う。

「ここからは歩いて行くわ。お前は先に帰っていて頂戴、岩倉」

と、運転手に声をかけると、岩倉は仰天した顔でついてくる。

「とんでもない！　こんな場所にお嬢様と朧様と御学友を置いてなどいけません」

「大丈夫よ。忘れたの？　私には鬼神のご加護がついているのよ」

「し、しかし……」

「とにかく私たちは歩いて行くから。あとはお前の好きにして頂戴！」

言い捨てて、香澄は勝手にどんどん進んでしまう朧を追いかけた。

それからどのくらい歩いただろうか。辺りはすっかり夜の闇に包まれ、いつの間にか人気の少ない場所へ出ていた。目の前には新橋駅へと通じる線路が伸びるばかりである。

「あっ……、香澄様、あそこ！」

暁子が常にない逸《はや》った声を上げる。香澄が驚いてその指し示す方を見やると、そこにはふらりふらりとおぼつかない足取りで歩む貝原の姿があった。

「すごいわ、朧。あなたの鼻は犬並みね！」

「我を畜生と同列にするな！　なんと失礼な娘じゃ。それよりも、あの猫鬼を見よ、香澄」

朧の声が心なしか震えている。貝原を見つけられた喜びに香澄も失念していたが、男の肩に乗っている猫鬼は、以前とは比べ物にならぬほどに膨れ上がり、恐ろしく巨大に成長してしまっている。香澄は目を瞠《みは》った。

「な……なんて大きさなの……どうして……」

「か、香澄様。わ、私にも、見えますわ。今まで見えなかったのに……」

妖力のない暁子にも見えるほど強大になってしまった猫鬼。暁子の貝原への憎悪が膨らみ続け、自覚のないままに呪いを発動してしまった結果、この鬼はここまで膨張してしまった。

「たま……本当に、あれがたまなの……？」

暁子は腰の抜けたようになって、巨大な白い靄《もや》のような猫鬼を見つめている。初めて目にした禍々しい猫鬼の姿に、驚愕のあまり、棒を呑んだように立ち尽くし、やがてふらふらと気を失って倒れ込んでしまった。慌てて香澄は暁子を介抱しようとするが、すぐにそんな暇はないことに気づいた。

「あっ、列車が来たわ！」

線路の向こうに光が見える。列車の轟音《ごうおん》が鉄道を震わせ、ゆらりゆらりと歩く貝原は、そこへめがけて進んでゆく。猫鬼が誘っているのだ。

「鉄道自殺をさせる気なの……!?」

「まずい。猫鬼を止めなくては！」

「朧、もう味付けはいいでしょう!?　早くいつものように吸い込んでしまいなさいな！」

「無理じゃ」

「は……?」

突然の朧の拒絶に、香澄は目が点になる。

「あのような大きさは無理じゃ」

「この子どもの体のままでは、あの巨大な鬼は喰らえぬ。我の身のうちに収め切れぬ」

「な、な、何を言っているのあなたは!?」

列車は近づいてくる。貝原は歩き続ける。暁子は気を失っている。

そして朧はあの大きさでは喰えぬなどと言い始める。

「ああっ、もう！」

香澄は急いで印を結ぶ。真言を口の中で唱え始めると、猫鬼の金色の眼がギラリとこちらを睨《ね》め付ける。

「臨《りん》、兵《ぴょう》、闘《とう》、者《しゃ》、皆《かい》、陣《じん》、烈《れつ》、在《ざい》、前《ぜん》……」

猫鬼は香澄を標的として捉えたようだ。このように凄まじい大きさの鬼は香澄も対峙《たいじ》したことがなく、思わず怯《ひる》む。朧のときに術を難なくかけられたのは、当の鬼が寝ぼけていたからだ。だが、猫鬼は今まさに力の頂点にあり、覚醒している。

全身の毛並みを逆立てた猫鬼は突然貝原から離れ、香澄の方へ轟然と向かってきた。香澄を敵と認識し、襲いかかってきたのだ。

（──間に合わないっ……）

「香澄！　我の名を呼べ！」

朧が叫ぶ。

「我の真の名を！」

「くっ……」

それだけはすまい、と思っていたが、今は緊急事態である。

香澄は瞑目《めいもく》し、声を張り上げた。

名の呪を、今解放する。

「来て！　悪路王!!」

その瞬間、朧の体から真紅の光が四方に放たれ、香澄の体が宙に浮いた。猫鬼の攻撃が間一髪で香澄から逸れる。

急激な上昇の動きに、香澄の頭が一瞬真っ白になる。どこか懐かしい、温かな感触に包まれているのを感じたとき、すぐ近くで大きな笑い声が弾けた。

「ふはは！　よく呼んでくれたわ！」

香澄を軽々と抱き上げているのは、赤い光をまとい、筋骨隆々とした身の丈六尺を超える大男。文様の刻まれた赤銅色の肌に、燃え盛る烈火の如き赤い髪。そこから伸びる二本の角はその力を誇示するように天に向かっていきり立っている。優しげな少年の顔立ちは猛々しくも美しい鬼神の容貌《ようぼう》となり、地獄の炎の光をたたえた瞳はひと睨みで猫鬼を震え上がらせるほどの力を秘めている。

（これが……悪路王高丸……）

その姿はまさしく平安の世を脅かした炎の鬼神そのもの。香澄は、朧の本来の姿を目にして、往時の悪路王の凄まじさを垣間見たように思った。

「大事ないか？　香澄」

「ええ……おかげ様で。ありがとう」

「ふっふ。一応、おぬしは我の『主』じゃからのう」

悪路王は香澄を地面へ降ろすと、おもむろに猫鬼へと向き直る。

「さて、哀れな猫よ……可愛がってやろう」

悪路王が一歩猫鬼へ近づくと、猫鬼は恐怖に駆り立てられたように激しく威嚇し、鋭い爪の一撃を放つ。しかしそれは悪路王の腕のひと振りで霧のように弾け、返す腕で猫鬼の中央を引き裂くように薙《な》げば、白い巨体は真っ二つに割れた。

途端に、糸の切れた操り人形のように貝原が崩れ落ちる。そのすぐ横を、轟音とともに列車が走り抜けてゆく。

「いただくぞ」

大きく深呼吸をするように悪路王が胸を膨らませる。すると巨大な猫鬼は煙のように一瞬で、その喉の奥へと吸い込まれていったのだった。

あまりにも短い、あっという間の決着だった。

猫鬼は確かに強大であり、尋常でない妖力を備え、恐ろしく強いはずである。それをいとも簡単に、悪路王は喰ってしまった。

「う～ん……この馥郁《ふくいく》としてまったりとした味わい……ただの陰気をこのように練り上げ凝固させるとはまた素晴らしい……」

鬼はうっとりとして舌なめずりをし、口中に残る味を反芻《はんすう》している。

どうやら猫鬼の味はかなり美味であったようだ。朧の言っていた「少し待つだけで旨味とコクが増す云々《うんぬん》」が味をより一層深めたのだろうか。

「……とんだ下手物《げてもの》食いね」

「なんじゃ、美味いぞ。おぬしにも今度喰わせてやろうか、香澄」

「いりませんわ。鬼なんて食べたらお腹を壊してしまいます」

「相変わらず、可愛くないのう」

普段同じ目線で話している朧と違い、悪路王になった鬼とはよほど顔を上げて話さなければならない。それが何やら腹立たしく思える。

香澄は改めて悪路王の姿を見つめた。少年の体とは大きく違い、筋骨逞《たくま》しく獰猛《どうもう》な体つきをしている。着物は辛うじて手足に引っかかっているが、当然胸は大きく露出し腕も脚も肘《ひじ》や膝《ひざ》の辺りまで突き出してしまっている。

そしてその顔つきは、朧だったときの目鼻立ちをそのままに大人の男に成長し、美しく整っているものの、かつての儚さ、弱々しさは微塵《みじん》もない。容貌だけ見れば美男子といえる顔立ちだが、赤銅色の皮膚とそこを這うように刻まれた不可思議な文様とが、その姿を禍々しい鬼神たらしめている。

「なんじゃ。そんなに我の顔を見つめて……ふふ、惚れてしまったか？」

「……つまらない顔」

「なんと」

「やっぱり大きくなってもあなたの顔は面白くありませんわ。どうしてそうキチンと整っていますの？　もっと鬼らしく、目玉が飛び出したり耳まで口が裂けたり、体中から剛毛を生やして生臭い悪臭をふりまき、おぞましい姿になって頂戴」

「……下手物食いはお互い様じゃのう」

そのとき、香澄の背後で微《かす》かに呻《うめ》き声が聞こえた。振り向いてみれば、いつの間にか気を失って倒れていたらしい暁子が、目を覚ましかけている。

「いけない……、暁子様のことをすっかり忘れていましたわ」

「薄情な友人じゃな」

「戻しますわよ、朧」

香澄が『朧』と口にした途端に、悪路王は再び少年の姿に戻った。緩《ゆる》みきってずれ落ちた着物を香澄が慌てて元通りに着付けていると、暁子がゆっくりと上体を起こす。香澄は足早に駆け寄って側へ膝をつき、その背を支えた。

「あ……私は……」

「暁子様。お目覚めになったのね」

暁子はしばらく状況がつかめずにいたが、ようやく先ほどのことを思い出したようだ。

「私、気を失ってしまったのね……たまの、変わり果てた姿を見て……」

「もう大丈夫ですわ。猫鬼はいなくなりました」

暁子は驚きに目を瞠り、そして悲しみに表情を曇らせる。

「そう……では、もうたまは……」

そのとき、近くでちりん、と鈴の音がした。

皆が音の方を向くと、そこには小さな白い子猫がちょこんと座っている。

「あ……」

暁子は信じられないというように目を丸くして子猫を見ている。内側から発光しているように輝く白い子猫は、半分透けて後ろの景色が見えている。実体ではなく、魂なのだ。

「この猫は猫鬼として人間を殺す前に陰気の呪から解放された。猫の魂として輪廻に戻ることができるぞ」

子猫は水色のリボンで結ばれた鈴を揺らし、喉を鳴らして暁子に擦《す》り寄った。生きていた頃と何ひとつ変わらぬ仕草に、暁子の心が震える。

「た、たま……」

その名を口にすると、暁子の体は激しく戦慄《わなな》き、目からは涙があふれた。子猫を抱き締めようとしても、もう触れることは叶わない。けれど、たまは嬉しそうににゃあと鳴きながら暁子の腕の中で丸くなっている。

「たま……ああ、私の可愛いたま……ごめんなさい、ごめんなさい……！」

むせび泣きながら、暁子はたまの魂に詫《わ》びる。

「本当は一緒にいたかっただけだったの……鬼でもいい、何でもいいから、たまと一緒にいられるなら何でもよかったの……」

たまは少し垂れ目気味の金色の瞳で、じっと暁子を見上げている。桃色の鼻を蠢《うごめ》かせ、主人の言葉を一心に聞いている。

「でも、私が間違っていた……私を守ろうとしてくれただけの可愛いたまを、あんな恐ろしい化け物にしてしまって……ああ、ごめんなさい、たま……あなたはこんなにも真っ白だったのに……無垢《むく》だったのに……私のせいで、お前は憎しみの中で縛り付けられて苦しんでいたのね……」

たまは一声、にゃあと鳴いた。話しかけられる度に返事をする、よく鳴く猫だった。お腹がすいたときの声、不満があるときの声、遊んでほしいときの声。今の声は、甘えているときの鳴き声だった。

泣きじゃくる暁子の腕の中でしばらく喉を鳴らしていたたまは、やがて白く光る魂となって、ゆっくりと天へ昇ってゆく。

暁子はそれを見守りながら、涙を流し続けた。

「綺麗……。よかった……たまの魂はちっとも穢《けが》れてなんかいないわ……」

「あの猫は、よほどおぬしを好いておったんじゃのう、暁子。最後の別れに、わざわざ姿を現すとは」

普段ならば暁子には妖も霊も見えぬはず。しかし最後にその姿を見ることができたのは、たまがよほどそれを望んだためか、天の情けか、はたまた別の奇跡なのか。

どうか安らかに、と繰り返し呟きながら、暁子は天に向かって手を合わせている。

これで、たまと暁子の悪夢は終わったのだ。猫鬼の騒動は収束し、ようやく平穏が訪れた。

だが一人だけ、悪い夢から逃れられぬ者がいる。

「ああ……ねこ……ねこのばけものがぁ……」

猫鬼から解放されたはずの貝原は、線路の横で腰を抜かしたまま、あらぬ方向を見据えてガタガタと震えている。

暁子は涙を拭きながら、怪訝《けげん》な目で様子のおかしい男を見た。

「貝原は、どうしてしまったのでしょう」

「どうやら正気を失っておるようじゃな。猫鬼に呪われたせいか、間近で猫鬼を見たためか……」

「どちらにしろ、たまの魂は救われたのですから、あの男のことは私たちには関係ないわ。帰りましょう」

あっさりとそう言って歩き始めた香澄の視線の先に、「お嬢様～！」と叫びながら近づいてくる運転手、岩倉の姿があった。

＊＊＊

結局、あれから貝原孝敏は行方不明となり、数日後愛宕山《あたごやま》の神社の隅で捨て猫のように震えているのが発見された。命に別状はないものの、完全に生気が失われており、今は病院にいて、まったく口がきけない状態らしい。

「うーん。今日も羊羹が美味いのう」

朧は縁側で脚をぶらつかせながら、宝物の羊羹をひと口ひと口大切に食べている。その傍らで花を活けながら、香澄は呆れた眼差しでそちらを見やる。

「毎日毎日、よく飽きませんわね」

「飽きるものか。この時代のものはあらかた喰ろうたが、やはり羊羹以上に美味いものなどないわ」

「おかしな鬼」

一度活けた桔梗《ききょう》の位置が気に入らず剣山から引っこ抜き、香澄はしばらく花を手に持ったまま頭の中で試行錯誤する。

「ほお。絵になるのう」

振り向いた朧が、桔梗を持つ香澄を見て目を細める。

「おぬしも口を開かねば大した姫御前に見えるではないか」

「鬼も、若い女や咲いたばかりの花を美しいと思うの？」

「思うぞ。そりゃあ、陰の気を好む我らは人の醜い心が好物じゃが、人が愛《め》でるものは鬼も愛でる。その愛で方が違うというだけじゃ」

「どのように？」

「喰ってしまう。喰えなければ壊す」

香澄は冷たい顔にうっすらと笑みを浮かべた。

「それでは、鬼は人を愛でているということなのね」

「そうじゃ。鬼は人なしでは生きてゆけぬからのう。人から生まれ、人に憑く。鬼は乳離れできぬ赤子のようなものなのじゃ」

「ぞっとしない喩《たと》えですこと」

香澄は桔梗を活け直し、矯めつ眇めつ全体を見て、ひとつため息をつく。

「そういえば、暁子様が改めてお礼をしたいからとお屋敷に招いてくださるそうよ。あなたも一緒に」

「ほう。暁子は壮健か」

「ええ。あの詐欺師もいなくなりましたし、ご両親もようやく立ち直って、親戚の手を借りて家を持ち直している最中なのですって」

暁子は猫鬼と成したたまの亡骸を、屋敷の庭に丁重に埋葬《まいそう》した。朝夕、毎日祈りを捧げているらしい。

「それにしても……妖力のない人間があのように強力な鬼を創り出せるだなんて、驚きましたわね」

「それだけ憎悪という陰の気が強かったんじゃろうて。普段心を押し込めている人間ほど、陰の気は凄まじいぞ。暁子は淑やかなお姫さんじゃからな。うちに秘めていたものもまた、激しく燃えておったに違いない」

「だから……女と鬼は、切っても切れぬものなのですわ」

虫愛づる奇態な姫君さえも顔を隠した時代から、およそ千年の時が経っている。それでも、女は姿こそ現したが、その心は秘められ、隠される。

(愛しているものを鬼にしてしまう……愛するものゆえに鬼となる……女の心は、愛でるものを喰らう鬼と、似通っているのかもしれない)

暁子はあのとき、本当は一緒にいたかっただけだったと言っていた。鬼でもいいから、一緒にいたかったのだと。

愛する心の強さが憎悪を深くし、鬼を創り出したのだ。

香澄は静かに桔梗の花を見つめた。美しく可憐に咲く青い花。その根には、生き物を死に至らしめる毒がある。

どこかでちりん、と鈴の音が聞こえたような気がした。

第二話　愛欲の鬼

「先生。川谷《かわたに》先生」

夕暮れの光に染まる赤い教室。女学生の歌うような軽やかな声が男を呼ぶ。

その声に呼ばれると、男の胸は熱くなり、頭は蕩《とろ》けたように崩れ、目も見えなくなり、欲望の奴隷《どれい》となってしまう。

「先生。私、お昼にお友達と巴《ともえ》合戦をしていましたら、少し転んでしまいましたの」

少女ははしたなくも机の上に座っている。けれど彼女の生まれながらに高貴な血は、どんなに下品な振る舞いも、可愛《かわい》らしい無邪気なたわむれとしか見せない。

ほっそりとした指が袴《はかま》の裾《すそ》をたくし上げ、目を射るほどの白いふくらはぎをあらわにする。そこには僅《わず》かばかりの擦《かす》り傷らしきものがある。

「先生。治して」

甘えた声に全身が痺《しび》れる。込み上げる禁断の陶酔《とうすい》をどうしようもなく、男は声の誘うままにふらふらと少女に歩み寄る。

「治し方はご存知《ぞんじ》でしょう？　先生」

浅ましく息を荒げる男の首に、白い腕が蛇のように絡み付いた。

＊＊＊

ここは覚習院《かくしゅういん》女学校。やんごとなき血筋の姫君たちが日々通う雅《みやび》な学《まな》び舎《や》である。

けれどどんなに上品なお家柄でも、女が噂《うわさ》好きなのはどこも変わりなく。

「ねえ、ご存知？　瑤子《ようこ》様と川谷先生のお噂」

「ええ、もちろん。信じられませんわ、穢《けが》らわしい……」

「もしもそのお噂が本当なら、恐ろしいことですわね」

「でも、私は眉唾《まゆつば》物だと思いますわ。だって、あの素晴らしくお美しい瑤子様と、見るからに凡庸《ぼんよう》な川谷先生とじゃ……」

「ひどいわ、美男美女しか恋に落ちてはいけないというの？」

「あら、あなたの方がひどい仰《おっしゃ》りようよ……」

「まあ、おほほほ」

かしましく騒ぐ級友たちの噂話を微笑《ほほえ》んで聞き流しながら、香澄《かすみ》は今日もつつがなく平凡な一日を過ごすのかと思うと、今すぐここから走り出して逃げてしまいたい思いに捉《とら》われた。実際は廊下を走ることなど御法度だし、教師に出会えば立ち止まって挨拶《あいさつ》をしなければいけない。

（今日も何の変化もない退屈な時間を過ごさなくてはいけないのね……おお嫌だ）

夏休みを目前に控えた試験期間中だというのに、お嬢様たちは誰も彼もがいつも通りに優雅で、たおやかで、机にかじりついて必死で勉強する姿などどこにもない。

女は良妻賢母でありさえすればよし、ある程度の教養を身につければ十分なのだ。どうせここを出れば大半の女学生たちはすぐに結婚して家庭に入る。勉学に励んだところであまり役には立たないのである。

「今日は朝から瑤子様のお噂で持ち切りですわね」

席に着いた香澄に、早くに登校していた小野暁子《おのあきこ》が話しかけてくる。

背の順で席が決められているこの教室では、身長の近い生徒同士が自然と仲良しになる。香澄は平均よりも少し低めで、暁子はやや高めの背丈なので、これまでさほど親しく付き合ってはいなかった。けれど、猫鬼《びょうき》の一件で、二人は何となく秘密を共有したような間柄となり、ふしぎな友情を持つようになったのである。

「なんでも、逢い引きの場を見てしまった方があるのでしょう？　ご不運でしたこと」

香澄はこれまで耳にした話を口にする。不運だった、というのは目撃された瑤子もそうだが、目撃した方も指している。人の秘密を目撃してもよいことは何もない。それが男女の秘め事であれば尚更、香澄には何の興味もなく、気まずい思いをするだけだ。けれど今回の目撃者にとってはそうでもないらしい。噂は朝一番に瞬《またた》く間に広がってしまい、誰もがこのゴシップに夢中になっている。

瑤子と川谷の噂は今に始まったことではない。以前から秘かに囁《ささや》かれていたものが、実際に見たという人の出現に一気に大きくなってしまったようだ。

暁子は微笑み、声をひそめた。

「本当にご不運ですわね。けれど、何を言われたって、瑤子様はどこ吹く風……ほら、噂をすれば」

噂の張本人、水山院《すいさんいん》瑤子が教室へ入ってくる。場は何となく静まり返り、皆が露骨な視線を瑤子に向ける。香澄も何となく彼女を見た。

瑤子は今日も美しい。誰もが一目置く品行方正な子爵令嬢、暁子が咲き初めた可憐《かれん》な白百合だとすれば、人に何を噂されてもまるで気にしない天衣無縫の瑤子は、今を盛りと咲き誇る大輪の赤い薔薇《ばら》である。

まだ乳の香のにおうような子どもっぽい同級生が多い中、瑤子は十五とは思えぬ成熟した女の色香を備えていた。重たいほど豊かな髪は真っ黒というのではなく仄《ほの》かに明るみを帯びた栗色で、少々癖がありウェーブがかっているのを後ろにリボンで束ねてある。顔立ちはやや丸顔で目鼻立ちがはっきりとして華があり、特に大きな濡《ぬ》れた瞳と肉感的な赤い唇は、彼女の情熱的な気質を表しているようにも見えた。

何より着物の上からでもわかる、その発達した体つき――そして綺麗《きれい》に磨かれた爪と指先の仕草、視線の移し方、話し方など、ひとつひとつの大人びた所作は、誰かに教えられたものなのか、または生まれつきそうすることが魅力的だと知っているのか、この年頃にしてはあまりになまめかしかった。

暁子の言う通り、瑤子は自分に向けられる眼差《まなざ》しにもまったく頓着《とんちゃく》していない。周りの同級生に適当に「ごきげんよう」とお決まりの挨拶をしながらさっさと窓際の自分の席につき、退屈そうに外を眺めている。

「相変わらず、でいらっしゃるわね」

香澄はそのあまりにも堂々とした振る舞いに、少しの皮肉と、そして賛嘆の意をこめて呟いた。

「あの方は昔からお変わりないわ……いつでも自由に生きていらっしゃる」

「あら、香澄様は瑤子様を随分前からご存知でいらっしゃるの？」

「ええ。家同士のお付き合いがあるんですの」

香澄の坂之上《さかのうえ》伯爵家と瑤子の水山院侯爵家とは、余人の与《あずか》り知らぬ特別な繋がりがあった。水山院侯爵家はこの覚習院女学校の生徒の中でも有数の地位と資産を有しているし、現在の院長とも懇意《こんい》であるので、そういった意味でも瑤子は名の知れた生徒である。

「近々お屋敷で開かれる夜会にも招待されているようですわ」

「まあ、そうなんですのね」

暁子は興味津々といった様子で目を輝かせている。

「では、香澄様もダンスを踊られるの？」

「嫌だわ……ご存知でしょ、暁子様。私本当に体を動かすことが苦手なの。ダンスなんて踊ったら盆踊りになってしまうわ」

「まあ、そんなことを仰って」

暁子はおかしくてたまらないというように口元を手で押さえてくつくつと笑った。

本当に香澄は運動はからきしである。勉強は大して努力をせずともいい成績がとれるのに、体育と、そして裁縫は壊滅的であった。裁縫は女中に全部やらせてしまえるからいいものの、体育の授業は苦痛でしかなかったし、また年二回行われる体操会は呪ってしまいたいほど大嫌いなのだ。

「私、洋装も好きではないから夜会服も一枚も持っていませんの」

「あら、そうなんですの。香澄様だったらきっととてもよくお似合いになるのに」

「なんだか性に合いませんの。でも、瑤子様の夜会服はそれはもうよくお似合いよ」

「そうでしょうね。ダンスもお上手だし、きっと素晴らしい夜会になるのでしょうね」

と、ふと思いついたように、

「そういえば、朧《おぼろ》様はダンスは踊られるのかしら？　香澄様と同じく、和装好みではありそうだけれど」

と訊ねた。香澄もはたとそのことに思い至り、首を傾げる。

「どうかしら。朧はなかなか器用だから、きっとすぐにダンスも覚えられそうではあるけれど……」

また何か時代錯誤な言動をとられて目立つのはごめんである。近頃は随分現世にも慣れて、書物で勉強した成果もあり、違和感のない振る舞いを覚えてきた。けれど、何と言ってもそこは鬼を喰《く》らう悪路王《あくろおう》。華族社会にはびこる、その辺の平民たちの鬼とは違う様々な種類の獲物を見て、浮かれてしまいそうな気もする。

朧はつい先日千年の眠りから蘇《よみがえ》ったばかりの坂之上家の守り神だった鬼神であるが、起き抜けに寝ぼけている間に香澄に『朧』と名付けられ、たった十五歳の小娘に使役《しえき》される身となった間抜けな鬼である。

普段は名前の呪で縛られ妖力を抑えられているために眉目麗《うるわ》しい少年の姿をしているが、香澄が本来の名を呼び呪から解放すれば、その身は筋骨隆々の大男、恐ろしい力を持った悪路王高丸《たかまる》となる。

だが、普段は羊羹《ようかん》をこよなく愛し、珍妙な言葉遣いをする、のんびりとした少年にしか見えない。

それにしても、この世は御一新後、廃仏毀釈《はいぶつきしやく》や欧化政策により混沌《こんとん》として邪鬼がはびこり、人ならざるものの見える香澄にはどこへ行っても大層賑やかな風景である。瑤子には昔からよく肥え太った色欲の鬼、享楽の鬼が何体も憑《つ》き、その生活の乱れぶりがありありと見える。

（噂の川谷先生だけれど、あれは、どういうことなのかしらね……）

川谷吾郎《ごろう》は歴史の教師で、妻も子もいる四十代の平凡な男だ。目鼻立ちも凡庸、特徴といえば分厚い眼鏡をかけているくらいのもので、なかなか人の印象には残りにくい。だが自《みず》らの家柄がよいわけでもないのに名門の子女が通う覚習院女学校の教師として勤めているだけあって、帝大《ていだい》出の秀才のようである。

「では、授業を始めます」

いつもと変わりなく歴史の授業に顔を出した川谷は、少しずつ痩《や》せていっているように見える。その原因は他の生徒たちには恋の病とでも思われているのかもしれないが、香澄には別の要因もあるとわかっていた。

なぜなら、川谷の体には、いつからか黒い蛇の妖《あやかし》が絡み付いていたからだ。

＊＊＊
「ほう、だんす、とな？」

夕食の席につくと、話は週末の水山院家の夜会のことに及ぶ。

「そうだ。悪路王様……いや、朧にも今度から家族で夜会などに招待を受けたときは、ついてきてもらうことになる。ダンスは我々の世界では必要不可欠なものなのだ。教師を頼んであるから、やってみるといい」

「それは楽しいのかな？」

「ええ、とっても。見る分にはね」

香澄はそっぽを向いて真鯛《まだい》のソテーを口に運ぶ。

「お前もいい加減踊れるようになりなさい、香澄」

「嫌ですわ。私、夜会服も嫌いですし、ダンスも嫌い。お着物を着ていけば、誰も踊れとは言いませんでしょ」

「まったく、困ったものだな……」

弱った顔をしつつも、香澄の父、毅《つよし》は強いて娘にダンスを踊らせはしない。香澄を生んである。

で亡くなった妻に似ている末娘を、伯爵は目の中に入れても痛くないほど溺愛《できあい》しているの
「それにしても、鬼が夜会とは、おかしなものね。毎日羊羹を食べて外へ出て鬼を食べて、日に三度のお食事も楽しんでお昼寝まで……一体何のために蘇ったんだか」

「お、お、おぬしが我を呪で縛っているから、こういう生活をせざるを得ないのではないか！　我とて本来ならば眷属《けんぞく》をつれて陸奥国《むつのくに》へ帰り、昔のように幅を利かせてやるものを……いや、この鬼気の漂う帝都でならば、我を討てと命じた朝廷に一矢を報い、我がこの国を支配し鬼の国を創ることができるやも……」

「いいですわね、鬼ヶ島計画。私も夢は大きく持ちたいものですわ」

「……おぬしと話していると自分が惨《みじ》めになってくる」

しょんぼりとした朧を慰《なぐさ》めるように、香澄の兄、実《みのる》は慌てて口を挟む。

「ま、まあ、いいじゃないか、朧。君がこの家の守り神であることに変わりはない。坂之上家で暮らすことは何もふしぎじゃないさ。むしろ、我が家で大事にお守りしていかなければならない存在なのだから」

「そうかのう？」

朧はすっかり卑屈になって実を上目遣いで見上げる。

「我とて己を情けないと思うておるのじゃぞ？　じゃがいくら胸を張って我は悪路王なりとふんぞり返ったところで、この意地悪な娘にビシビシされるだけじゃし、仕方なく飼い猫よろしく使役されているのではないか」

「もちろんわかっているよ。ああ、僕には妖力はないから、鬼のことなどに関しては門外漢なのだけれど」

香澄の兄、実にはほとんど香澄のような力はない。他家へ嫁いだ姉の弓子《ゆみこ》には多少備わっているが、力の強い鬼が見えるくらいのものでそれを退けることができるのは、兄妹たちのなかでは末娘の香澄のみである。

「君はこの時代にも色々興味があるようだから、夜会もどんなものか知るのはいいことだよ。今の日本の上流社会を知るにはいい場所だ」

「それでは、朧を夜会に連れて行こうという考えはお兄様のものなのね？　私は正直、どうかと思うけれど」

「でも、水山院様からの直々のご要望なんだよ。どこから話を聞いたのか、最近引き取ったというご子息もぜひご一緒に、と」

「あら……そうでしたの」

香澄はそれで合点がいった。世に妾《めかけ》を持ち、正妻と妾を同時に本宅に住まわせ、その子らを嫡子、庶子にかかわらずすべて手元で育てる男は身分を問わずいくらでもあろうが、坂之上家では妾やその子どもの扱いは少し違っている。

坂之上家にも穀の愛人の竹《たけ》が生んだ薫《かおる》という娘がいるが、親子のために敷地内に家を建ててそこへ住まわせ生活の面倒を見ているだけで、坂之上家の人間として扱ってはいないのだ。これは穀の、というよりは坂之上家代々の一貫した姿勢である。

今では一部の者しか知らぬ『鬼の家』である坂之上家は、記録に残っている限り分家は存在しない。それに家系図に妾の名も、その子どもの名も残されていないのだ。華族静態調査には『妻』とは別に『婦』という記述があり、これはすなわち妾の意である。明治以降も上流階級の家々は、いわば公然と側室を置いていたのだ。

妾の産んだ子である庶子は華族としての恩恵を受けられるが、妾は華族にはなれない。子を多く作り家を絶やさないために、爵位を持つ者たちは当然のように妾を作り、子を生《な》した。だが、坂之上家は事情が異なる。妾は単純に愛人という立場に過ぎない。子を増やす目的ではないのだ。

赤坂のこの屋敷の最上階にある坂之上家の始祖、田村麻呂《たむらまろ》と鈴鹿御前《すずかごぜん》を祀《まつ》る祭壇と、庭園の奥にある悪路王の魂を祀るお社など、代々伝わる家の伝統のことは決して家の者以外には漏《も》らしてはならぬ決まりであり、他家へ嫁いだ者、養子にやられた者も、ひとたびこの屋敷から出たならば坂之上家の内情は口にしてはならず、もしもそれを破ってしまえば、たちどころに呪いにかかり命を失うだろうと考えられていた。

それは田村麻呂と鈴鹿御前の呪い、というよりは悪路王の荒御魂《あらみたま》のものである。悪路王の力がよい方向へ働くのは代々それを祀ってきた坂之上家の人間のみ。また、屋敷の頂点にある鈴鹿御前の加護があってこそのことなのである。屋敷を出て別の家の人間になってしまえば、強過ぎる力は災いとなり、薬は毒に変わる。坂之上家という存在そのものが『穢れ』なのだ。穢れの力は穢れの中でしか祝福されない。扱い方を間違えば凶となる、危うい代物なのである。

（けれど、その悪路王は蘇ってしまった……お社はそのままにしてあるけれど、蘇って朧となったこの者は、この家に何をもたらすのかしら？）

香澄はふと疑問に思うが、今のところ凶兆は見えていない。何もかもが変わりゆくこの時代、坂之上家も古い形のままではいられなかった。悪路王が蘇ったのだから、各地の強力な鬼たちも眠ったままではいないだろう。悪路王はたまたま香澄が最初に発見して名の呪で縛ってしまったが、野放しになっている凶悪な鬼もいるはずだ。

そのことを考えると、香澄はぞっと寒気を覚える。先日相対した巨大な猫鬼――あんなものを相手にしたことはなかった。悪路王の姿に戻った朧に助けられていなければ、今頃無事ではないだろう。蠱毒《こどく》など大昔の呪術と思っていたのに、素人の暁子が成せたのだから、この類《たぐい》の強力な呪術はまだ世に多くはびこっているのかもしれない。

ともあれ、『鬼の家』ゆえの坂之上家の特殊な事情は今のところ変わりない。そのため、妾やその子どもなどは、本家の中には入り込ませず、飽くまで他人である。

毅も非情なもので、仮にも自分の子であるのに薫を可愛いとは思わぬのか、竹の家にはほとんど足を運んでいない。香澄も、薫のことは血は繋がっていても特に妹という心持ちではない。ほとんど会ったことがないし、関わるなと言われている。方々に愛人のいるらしい父を軽蔑《けいべつ》している香澄だが、相手の彼女らに同情はしていない。坂之上家という『穢れ』には触れないに越したことはないからだ。

そして朧の場合、昔伯爵が手をつけた酌婦《しゃくふ》の子どもで母親はすでに亡くなっている、という設定で、毅が引き取り本宅に住まわせているという体裁をとっているので、珍しくも愛人の子を坂之上家の子どもとして扱っていることになるのだろう。そんなぽっと出の息子をいきなり夜会なぞに連れて行くことは常識ではないのだが、主催の家から呼ばれているのでは仕方がない。

「私は朧様を衆目に晒《さら》すことは賛成いたしかねますけれどね」

熱い緑茶を啜《すす》りながら、祖母の歌子《うたこ》が静かに口を挟む。

「見た目は人間でも、朧様は紛れもない、坂之上家の守り神。そのような方のお姿を、招待を受けたからといって、やすやすと見せびらかすものでは……」

「しかし、もう知られてしまったのでは仕方がないでしょう」

毅は母親の意見に苦い顔をする。

「外に出たいという要望も、朧自身のものなのです。その結果こうなったのですから、下手に秘密にして何かを怪しまれるよりも、むしろ堂々としていた方がいいかと」

歌子はもう何も言わず、茶を飲みため息をついている。

それを了解したものと受け取り、毅は朧の方に向き直る。

「水山院侯爵の夜会に呼ばれれば、他の家にも正式にお前が坂之上家の子であると認めた形になる。そうすればやはり今後も呼ばれることはあるかもしれないから、ダンスは覚えておいた方がよい」

「ようわからぬが、そのだんすとやらを踊ればよいのじゃな？　我にできるかな」

「カドリール、ワルツ、ポルカなど色々ありますけれど、どれもお着物では踊れませんから、あなたが最初に珍しがっていたあの洋装をしてもらうことになりますわよ」

「なんぞこそばゆいのう……異国の服を着て異国の踊りを踊るとは、この国もおかしゅうなったものじゃ」

（千年前の鬼が蘇る方が、よほどおかしなことですけれど）

どうも朧をいじめるような言葉しか思い浮かばないので、さすがに一部は心の中にとどめておく香澄である。それもこれも、この鬼があまりにとぼけた性格なのが悪いのだ。千年という歳月はこんなにも人格――もとい、鬼格を変えるものなのだろうか。それとも、悪路王は元々こういう性格だったのか……謎である。

翌日、早速仏蘭西《フランス》人のダンス講師がやってきた。一応、香澄もレッスンを受けるために滅多に着ない洋装姿である。朧も初めてのシャツとズボンを身にまとい、「なるほどこれは動きやすい」と面白がっている。

ダンスなどまるで知らなかった朧だが、練習を始めると、テーブルマナーなどと同じく、すぐに踊れるようになってしまった。

香澄は呆気《あっけ》にとられてただ見守っている。香澄が何年かけても上手くできないステップや身のこなしなどを、朧はたったの数時間で完璧に踊れるようになってしまったのだ。

講師も手放しで褒め、途中からは朧ではなく香澄を中心にレッスンをする有様だった。お陰で朧のお相伴《しょうばん》、という気持ちでいた香澄は疲労困憊《こんぱい》して広間の椅子にへたり込んだ。

朧は講師が帰った後も楽しそうに一人でダンスの型を踊っている。

「なんじゃ、簡単ではないか。香澄はこんなこともできぬのか」

「えーえー何とでも仰ってくださいな。私、体を動かすことは軒並み駄目なんですの」

「どれ、ひとつ我が教えてやろう」

「まあ、生意気」

勝手に香澄の手をとって踊り始める朧。どうせいつものように蹴つまずいたり脚が絡んだりしておしまいになるだろうと思っていた香澄だが、どういうわけか、すんなりと踊ることができている。

(何かしら、この感覚……体が勝手に動いているみたい)

朧のリードが上手いのか、相手に合わせて足が吸いつくようによく動くのだ。初めての体験に、香澄は内心感動していた。相手が変わるだけで、こうも違うとは思っていなかったのだ。

朧はほとんど香澄と変わらぬ細長い手足で、香澄の手を取り、腰を支え、優雅に舞い踊る。まるで鏡に映したように同じ動きを足が勝手に踊るのだ。香澄はほとんど快感と言ってもよい逸楽を味わい、困惑していた。

「おお、なんじゃ、おぬしも踊れるではないか、香澄」

「……あなた、千年も眠っていた鬼のくせに、どうしてこう色々とすぐに覚えることができるんですの？」

「千年眠っていたからこそ、物事の吸収が早いのかもしれぬ。あとはまあ、才能かのう」

「悔しいけれど、ダンスの才能だけはお認めしますわ。水山院家の方も、さぞかし喜ばれることでしょうね」

　ふいに、朧が足を止める。少し不安そうな顔で香澄を見つめ、

「そのことじゃが、何故我は呼ばれたのかのう」

　と、小さくため息を落とす。

「そんなに目立つようなことをしていたか？　時々おぬしに外へ食事に連れて行ってもらったが、少しの間ではないか。水山院とやらは相当大きな家なのじゃろう？　その家の者が何故我を招待するのか、皆目わからぬのじゃが」

　戸惑っている様子の朧を、香澄はまじまじと見つめる。

「あなた、怖いんですの？　鬼ともあろう者が、人間なぞを相手に」

「意味のわからぬものは怖い。当然であろ？　人間なぞと言っても、我は人間に成敗されたのじゃからな。警戒もしよう」

「ああ……そうでしたわね。間抜けにも妻に裏切られてその不倫相手に討たれたのでした

わね」

残酷な言葉でからかうと、朧は嫌な顔をする。

「おぬしがそれを言うか。まあ、何より、今は妖力を抑えられておる身じゃ。この非力な体で何ができる」

「私、見当がついていましてよ。そんな恐ろしいことではないと思うわ。ましてやあなたを再び討って封印しようなどという計画でもない。どうぞご安心なさって」

「まことか？　我はどういうわけか妙に嫌な予感がするのじゃ。求めに応じるままに行ってもよいものか……」

「行ってもらわなくてはお父様の顔が立ちませんわ。まあ、少しの時間ですから、何かあっても辛抱するのですわね」

にたりと笑う香澄の不気味な笑顔に朧は怯《おび》えた顔をする。

「おぬしはほんに意地悪じゃのう。これで鈴鹿の記憶がないのは、ある意味救いだったかもしれん」

「だから、私は鈴鹿御前様の生まれ変わりなどではありませんわ。ちょっと魂の色が似ているくらいで、あなたも早計じゃなくって」

「違う。おぬしとてわかっておるじゃろう。我を目覚めさせた最後の鍵はおぬしじゃ。おぬしが我を呼んだ。あれは、確かに鈴鹿の気配じゃった」

胸の奥で大きな音が鳴った。

（確かに、私はあのとき、悪路王が蘇るという確信があった……）

自分があのときお社の前に立てば、必ずそれは成されるだろう、という確かな予感があったのだ。けれど、香澄には自分が鈴鹿などという自覚は少しもない。

「我を裏切った憎き妻……一人平和に輪廻《りんね》に戻り、しかも記憶をなくして涼しい顔とは、やるではないか」

「そのことなのですけれど……朧、あなた、猫鬼を見つけたときに、こう言っていましたわよね。『鬼は輪廻に戻ることはない』と」

「ああ、言ったな」

「鈴鹿御前は鬼でしょう？　それなのに輪廻に戻っただなんて、おかしくはない？」

「そうじゃな。おかしなことが起きたのじゃ。鈴鹿は田村麻呂という人間との間に子を産んだ。それが原因なのかもしれんのう」

「あら、あなたにもわからないことなんですのね」

「それはそうじゃ。そもそも、鬼女が人間の子を産むなどと……他には鬼無里《きなさ》の紅葉《もみじ》くらいではないのか。しかしあれも輪廻には戻らなんだはず。この混沌の現世ではあれもまた蘇っているやもしれぬが、人としてではない。そうなると田村麻呂に何らかの神通力が備わっていたのやもしれぬ」

思えば、坂之上家の人間でも、始祖の田村麻呂と鈴鹿御前のことは、伝承の上のことしかわからない。実際に二人がどのような過程で夫婦になったのか、悪路王を倒したのか、それは恐らく歴史の大部分でも起きていることのように、真実とは異なる物語が後世に伝わっているのだろう。何より、鈴鹿御前の心の動きなどは、それこそ本人にしかわからぬものだ。

「私が本当に鈴鹿御前様の生まれ変わりならば、自分が裏切って討った鬼を蘇らせるだなんて、妙ですわ。真っ先に復讐されてしまうかもしれませんのに」

「それを言えばきりがない。鈴鹿が我を裏切ったことも妙じゃが、人間の男と夫婦になったのも極めて妙じゃ。鬼と言えど女は女。おぬしら女の気の変わりようはまことに理解できぬものじゃからのう。ああ、女は怖い」

それを聞いて、香澄は込み上げる笑いを抑え切れなくなる。どういうわけか、この鬼が困ったり怯えたりしている顔を見ていると、うずうずと得体の知れない快《こころよ》さが腹の奥から込み上げてくるのだ。

「ふふ……。もしかすると、水山院家の夜会でも、怖い女に出会うかもしれませんわね」

「何？　そ、それはどういう意味じゃ、香澄」

「さあ。楽しみになさって。美味《おい》しい鬼がきっとたくさんいましてよ」

朧を怖がらせるだけ怖がらせておいて、香澄はそれ以上何も言わない。水山院家の女
――そう言えば誰もがあの歳に似合わぬ色香の少女を思い浮かべる。女学校でも有名な彼女は、すでに華族の社交場でも名の知れた存在になっていた。香澄とは子どもの頃から知り合う幼なじみのような間柄でありつつも、少しも親しみを覚えないのは、二人があまりにかけ離れた気性の持ち主だからかもしれない。

というよりも、彼女と同じ気質の持ち主など誰もいないのではないだろうか。その点では、香澄も人のことは言えないのだが。

＊＊＊

水山院家は麴町《こうじまち》の広大な敷地に日本館、西洋館という二つの立派な建物を有している。夜会はもっぱら西洋館の方で行われ、煌《きら》びやかなシャンデリア、真っ赤な絨毯《じゅうたん》、豪華な装飾の螺旋《らせん》階段に広々としたサロンなど、物語に出てくるお城のように豪華絢爛《けんらん》な屋敷であった。

「香澄。すごいぞ。強欲に色欲、傲慢《ごうまん》にして虚飾、なかなかそうそうたる面構えの鬼どもが大勢おるわ」

「そうでしょう? ここにいるのは与えられることに慣れていて、それでも尚欲しがる貪《どん》欲《よく》な者たちばかり。でも、今夜あなたは新顔として誰からも注目されていますから、手当り次第に食べたりしないで。皆が酔っぱらって疲れて、あなたへの興味が薄れた宴の終わり頃にして頂戴」

朧は採寸して作らせた夜会用の燕尾《えんび》服をすっきりと着こなし、腰の辺りまであった緑なす黒髪を言われるままに切ってしまった。そしてふしぎなことに、落とした髪はすぐに煙のように消えてしまい、跡形もなくなったのだ。

朧曰《いわ》く、元々鬼に人間のような血肉を伴った実体はない。陰気で形作られた存在であるので、核となる母体から切り離されれば形を保てずに消えてしまうのは自然なこと、だそうである。腕を切り落とされ、のちにそれを奪い返した鬼の話もあるが、四肢は母体の一部であるがゆえに消えずに残ったということらしい。

朧は洋装がよく似合っていた。小さな顔に長い首、細長い手足と、肉体の線をあらわにする洋服を着ることで、その姿の端麗さがより水際立っている。客人たちも自然と目を奪われている様子で、香澄は内心、この者の正体が鬼と知れたらどうなることやらと少し痛快に思っている。

一方、香澄は頑《かたくな》に着物姿だ。目も覚めるような鮮やかな瑠璃《るり》色に夏花の描かれた振り袖に、流水文様の白い帯を締めている。髷《まげ》を大きく結った丸髷に翡翠《ひすい》のかんざしを差し、夜会服の婦人が多い中で香澄の振《ふ》り袖《そで》姿はかえって目立っていた。

坂之上伯爵は朧を主催の水山院侯爵に紹介する。黒々とした髭《ひげ》を耳のあたりまで跳ね上げた背の高い侯爵の傍《かたわ》らには、眩《まばゆ》いほどに艶《あで》やかな緋色のデコルテ姿の瑤子が妖艶《ようえん》な微笑をたたえて佇《たたず》み、来客を迎えていた。

「ごきげんよう、香澄様」

「ごきげんよう、瑤子様」

学友の二人の娘は学校で会うのとは違う、取り澄《す》ました顔で挨拶をする。瑤子の視線はすぐに隣の朧へ移り、にっこりと笑う。

「その方がお噂の朧様ね？　あなたの弟様の」

「ええ、そうですの。そんなに噂になっていまして？」

「そりゃあもう。お人形のように綺麗な男の子がいると聞いて、ぜひお会いしたいと思っておりましたの……」

朧は怯えていた。

なぜなら、挨拶を終えてその場を離れた後も、瑤子の視線は蛇のように執拗に絡み付いてくるからだ。あまりに熱烈な眼差しに、鬼の身でありながら、朧はとって喰われるのではないかという恐怖すら覚える。

「か、香澄。おぬしの言っていた女というのは、あれのことか?」

「ええ。思った通り、瑤子様があなたに会いたくて招待したようね」

「何故、あの娘が……」

「水山院家と近しい人々は皆知っているわ。瑤子様は火遊びがお好き。朧、せいぜいお気をつけあそばせ」

その意味がわからず目を白黒させていると、広間で楽団が音楽を奏で始めた。ハッと気づけば隣に香澄の姿はなく、代わりに赤い幻のように瑤子が立っていて、朧へその身を擦《す》り寄せた。

「私と踊ってくださらない? 朧様」

「あ、ああ……それはよいが……」

思わずそう返事をすれば、瑤子は花の咲くように艶麗《えんれい》に笑い、巧みにその腕の中へ滑り込んでくる。

甘くて胸の焼けそうな香りが漂った。周囲の人々の視線が何気なく二人に注がれる中、朧は教わったワルツを忠実に踊り、瑤子はうっとりとして鬼の細腕に身を預けている。

「踊りがお上手なのね、素敵だわ」

「そ、そうか？　先日習ったばかりだが……」

「まあ、そうでしたの。大層物覚えがよろしいのね」

瑤子はますます体を密着させてくる。大きく開いたデコルテに押し上げられたこぼれんばかりの豊かな乳房が擦り付けられ、さすがの朧もあまりに露骨な誘惑に腰を抜かしそうになる。

「きっと、器用でいらっしゃるんだわ。この素敵な指先で……様々な愉《たの》しみを覚えられることでしょうね……」

「そ、そうかな？　確かにこの世は、なかなか面白いことばかりだが」

「そう。楽しまなくては損でございますものね」

瑤子はふと、悩ましげな眼差しをする。

「朧様。私、学校を出たらすぐに結婚することが決まっていますの。そのお相手も今夜ここに来ていますのよ」

「そ、そうか……。それならば、我と踊っていてよいのか？」

「構いませんわ。誰も私のことは咎《とが》めませんもの」

確かに、周りの者たちは、瑶子の家族も含め、皆見て見ぬ振りをしている。涼しい顔をしているが、そこには様々な鬼どもが湧いていた。嫉妬《しっと》、憎悪、羨望《せんぼう》、欲望、憤怒——よくもここまで様々な陰気を一身に集められるものだと、朧は半ば感心して瑶子を観察する。

「何もかも決められている人生ってとても退屈……。学校を出て、結婚をして、子どもを産んで、家を守って……つまらない女の人生で面白いことがあるとすれば、ひとつだけですわ、朧様……」

瑶子の腕が朧の細腰に回され、首筋に白い頬《ほお》が擦り寄せられる。娘の慣れた媚態《びたい》を、朧は次第に面白く、興味深く思い始める。

「……瑶子。我に何故興味を持つ？」

「あなたが美しいからに決まっています」

「この面の皮一枚にさほどに価値があるのか」

「そう。顔と……そして、体。ささやかなお遊びと悪戯心《いたずら》。その他のものに何の意味があるかしら」

女には珍しいはっきりとした物言いに、朧は思わず微笑んだ。

「おぬしのように己を隠さぬ人間は嫌いではないぞ」

「私が好き？」

「ああ。面白い……じゃが、すまぬのう。我はこれでも一途でな。好いた者以外からの好意は受け取ることができぬのじゃ」

「あら、好いた方がいらっしゃるの？」

「ああ。千年以上想い続けている」

「まあ、熱烈ですこと！」

瑤子はころころと鈴の鳴るように笑っている。

「でも、私はあなたに好きな方がいようといまいと、構いませんのよ」

「それは困ったな」

「心と体は別のものでしょう？」

「その通りじゃ。しかし、我の想い人は潔癖でのう。ちょっとした火遊びでも、過《あやま》ちは許してくれそうにもない」

「まあ、つまらない方なのね」

「そうでもない。好いた者のために道化を演じるのは楽しいものじゃ。我は無邪気で従順な鬼……次第に、本当に自分がそういうものなのではないか、と錯覚するほどにのう」

ふと、瑶子はまじまじと鷹揚《おうよう》に微笑む朧の顔を見つめる。

「あなた、先ほどと顔つきが違いますわ」

「そうか?」

「こちらがあなたの本当のお顔?」

どうかな、と朧はうそぶく。

二人はいつの間にか大勢の人々の踊る広間を出て、螺旋階段の下の暗がりに紛れ込んでいる。瑶子は朧の頬を両手で包み、うっとりとその瞳の中を覗き込んだ。

「あなたの目、ふしぎな色……奥に熾火《おきび》が燃えているようね。吸い込まれてしまいそう」

「鬼の目じゃからな。見つめ過ぎると毒になるぞ」

「素敵なことを仰るのね。朧様はさすがに香澄様の弟様だわ。美しくて、得体の知れない……魅力的な人」

瑶子の口から香澄の名が出ると、朧は目を細めて笑んだ。淡いため息とともに、口の中で反芻《はんすう》する——カスミ、スズカ。愛おしい女の名前。

「そう……香澄は愛《う》い娘じゃ。あれは我のもの……今度こそ誰にも渡さぬ」

「今度こそ?」

ふと、酔いから醒《さ》めかけたように瑶子が瞬《まばた》きをすると、今度は朧がその頬に手を当て、娘の瞳の中を覗き込む。朧の目の奥に赤い焔《ほむら》が燃え立ち、瑤子はその光に魅せられる。

「我の声を聞け、瑤子……。広間に戻り、おぬしの婚約者と踊ってやれ」

朧の声は揺蕩《たゆた》うようである。瑤子の頭蓋《ずがい》に反響し、一切の思考を吸い取ってしまう。

「疲れたら、部屋に戻って眠るがいい。……よいな？」

瑤子の顔から表情が消える。操り人形のように朧の囁きに頷き、そのままフラフラと広間へ戻って行った。

朧は瑤子の背中を見守りながら、その首筋に張りついていた色欲の鬼を気まぐれにひとつふたつ吸い込み、嚥下《えんか》する。

「うむ……なかなか美味じゃ」

この鬼、よほど長く瑤子に憑いていたらしい。よく味が染みていて、えも言われぬ香りがする。これほど長く憑かれても瑤子の心身に衰えがないところを見ると、無尽蔵の陰気があふれ出ているのに違いない。

（家系、か）

朧はぺろりと舌なめずりをして考える。水山院家の遠い祖先に何か妖との因縁でもありそうだ。だが、そこにさほどの興味は覚えない。ただ、会う度にこのような誘惑を受けるのかと思うと、少々厄介である。

瑤子の望む快楽はともには得られぬ。鬼がその行為を人に働いた暁《あかつき》には、その者の血肉が欲しくなる。鬼の王と呼ばれるほどの力を持つ悪路王にとって、それは野蛮で好ましくないことだった。それを避けるために、もうここへは立ち入らぬが吉であろう。

(さて、少々腹ごしらえもしたし、そろそろ戻らぬとさすがの香澄も心配するじゃろ)

あの冷然とした表情を思い浮かべ、朧は胸をときめかせる。瑤子が花弁を開き甘い蜜《みつ》をたたえ虫を誘う花ならば、香澄は固く閉じたまま、思わせぶりな香りを微《かす》かに漂わせる蕾《つぼみ》だ。熟すきざしも見せぬ、毒すら孕《はら》んだ青い果実。けれど朧はその蕾の奥に、どんなに甘美な魅惑があるかを知っている。


朧の姿が見えなくなって少しした後、人々の熱気渦巻く広間で疲れて長椅子に座っている香澄の膝《ひざ》へ、唐突に鬼がよよと倒れ込んできた。

「まあ、どうなさったの、朧。すごい顔色ですわよ」

「か、香澄〜〜。こ、怖かったぞ……」

「ちょっと、とにかく落ち着いてくださいな」

香澄に宥《なだ》められ、朧は深呼吸をした後に、瑤子とのことを説明する。色仕掛けで迫られたことや、婚約者のこと、退屈しのぎの遊びのこと等々。

婚約者の青年と仲睦まじく踊っている瑤子を眺めながら、香澄は無表情に頷いた。

「ふうん。そんなことがありましたのね」

「すごかったぞ。おぬしと同い年とは思えぬ。馬鹿でかい饅頭《まんじゅう》のような胸を我にぐいぐいと押し付けてくるのじゃ。おぬしの大平原とはまるで違っていたぞ」

「ビシビシされたいようですわね。朧」

ビシビシと言った途端、ひいっと体を縮こめ、可憐に怖がる朧。その怯えた顔が大変可愛らしいので、香澄はひとまず溜飲《りゅういん》を下げる。

「そのお話では……わかっていましたけれど、瑤子様はやっぱり川谷先生には本気じゃないんだわ」

「先生？　あの娘、教師とまで関係しておるのか」

「そのことなんですけれど、朧。あなたにも一度見ていただきたいの。川谷先生には蛇の妖が憑いていますのよ」

「ほう……。蛇、とな」

「今日、瑤子様から蛇の気配は？」

朧は少し考えてからかぶりを振る。

「いいや。あの娘は蛇とは関係ない。もっとも、相性のよさそうな気質ではあるがな」

「そう……それじゃ、川谷先生のあの蛇は一体何なのかしら」

　川谷吾郎は確実に誰かに呪われている。最も怪しいと思っていた瑤子ではないとすると、一体誰があの風采《ふうさい》の上がらない教師に呪いをかけるのだろうか。

　それがどのような呪いかもわからないが、日に日に瘦せてゆく川谷を見れば、よくない種類のものなのは明らかである。

「しかし、何故瑤子を疑った？　その男と遊びであるにせよ、恋仲なのじゃろう？」

「そうなんですけれど……そういえば言っていませんでしたわね。坂之上家と水山院家の繋がりを」

「何か特別な事情でもあるのか」

　香澄は首を傾げ、「特別な事情というか……」と、二家の事情を語り始める。

「大昔のことですから、私もお祖母様から伺っただけなんですけれど。水山院家はかなり家格の高い、歴史の長い公家《くげ》で、世の乱れた戦国の頃、流れ者の美しい巫女《みこ》に殿様が一目惚れをして、囲って子どもまで産ませたのですって。けれどその巫女が家の乗っ取りを企んでいると訝《いぶか》った身内の者が、巫女を殺してしまったの。子どもは助かり、他の子どもたちが皆夭逝《ようせい》してしまったために結局その巫女の子が跡を継いだのだけれど、それ以来、水山院家には憑き物の災いが相次いだらしいの」

「なるほど……それで、水山院家の者が憑かれる度に、坂之上家の者がそれを祓《はら》ってきたというわけか」

「その通りよ」

香澄は頷き、少し考えるように顎《あご》に細い指を当てる。

「ただ、その巫女の影響なのかは知らないわ。近親婚を繰り返してきた家の中には、やはり時折尋常でないことが起きるものだから」

「いや、そんな話があるとすれば、やはりその巫女の影響じゃな。もう血はほとんど薄まっているが、瑤子から妖の微々たる気配は感じた。陰気の量が通常の人間よりもかなり多いのじゃ。思うに、その巫女は人ではなかったのやもしれぬ」

「まあ……あなたがそう言うのなら、間違いはないのでしょうね」

瑤子は婚約者と踊った後、疲れてしまった様子で広間から出て行った。それを横目で見送りながら、香澄は喋り続ける。

「それじゃ、やっぱり川谷先生に憑いている蛇は瑤子様が原因ではないのかしら……？　憑き物が多い家だから、私は瑤子様が何らかの形であの呪いに関わっていると思っていたのだけれど」

「さあ。その先生と蛇とやらのことは我にはわからぬが……」

朧はふいにぶるりと震えて、香澄の袖をひしと摑《つか》む。

「我はもうこりごりじゃ。この屋敷には二度と来とうないぞ。もうあの娘とは会いとうないのじゃ」

＊＊＊

数日後、香澄は授業の終わった後、川谷に話があるからと言って人気のなくなった教室に呼び出した。

やって来た川谷は先週よりも確実にやつれ、目の周囲が落ち窪《くぼ》んで黒々とした隈《くま》ができている。

「どうしたのですか、坂之上さん。お付きの方のお迎えが来ているのでは？」

「長くはなりませんわ。家の者には事情を話してありますので、少ししてから後で迎えに来るはずですの」

そうですか、と川谷は呟き、疲れたように近くにあった椅子を引いて腰掛けた。香澄にも座るように促《うなが》しながら、眼鏡の奥の小さな目を何度も瞬かせている。

「それで、話とは？」

「川谷先生。率直に申し上げますわ。水山院瑤子様とのご関係、おやめになった方がよろしいかと」

突然、香澄が直球で川谷に生徒との秘め事を突きつけると、さすがに取り繕《つくろ》う暇もなく、呆気にとられた様子である。

「い……一体、何のことだか……」

「先生のおためになりませんわ」

眉ひとつ動かさず、突き放すような冷たい表情で続けると、川谷はすぐに誤魔化すことを諦めたようだった。がっくりと瘦せた肩を落とし、筋張った首筋を見せて項垂《うなだ》れる。

「もう、皆知っているようだね……」

「先生と瑤子様の逢い引きを見てしまった方があるんですの」

川谷はそうか、と呟き、瘦《こ》けた頰に虚《むな》しい笑みを刻む。

「けれど、それは無理なんだ。彼女との関係を断つのは……」

「どうしてです」

「僕は……もう、彼女なしではいられない」

川谷は細い目に涙を浮かべ、瑤子とこうなったきっかけの出来事を語り始めた。

あるとき、教室で盗難騒ぎが相次いだ。生徒たちは常にない事件に大騒ぎだったが、教師たちはこの恵まれた環境の娘たちばかりが集まる学校で盗難などあり得ないと、ことを内々に済ませようとしていた。

そんなとき、川谷は目撃してしまったのである。水山院瑤子が級友の机を探り、高価な万年筆を盗んでいるその現場を。

「どうしてこんなことをするんだ、と僕は彼女に訊ねた。水山院侯爵家の娘が人のもの欲しさに盗みを働いていたとはどうしても思えなかったから。そうしたら、彼女はこう言ったんだ。『満たされない日々の鬱憤《うつぷん》を晴らすために、別に欲しくもないものを盗んでいた』と……」

確かに、新学期が始まってすぐに盗難騒ぎがあった気がする。二、三件起きてすぐに止《や》んだので、香澄はそのことをすっかり忘れてしまっていた。もしも自分のものを盗まれていたならば、蛇のように執念深く覚えていただろうけれど。

「僕は彼女に、このことは秘密にしてあげるから、もう盗みはやめなさい、とったものは返しなさい、と言った。すると彼女は、突然……僕に抱きついて、接吻《せつぷん》をした。そして、『これで秘密はお互い様ですわね、先生』と言って、微笑んで……」

川谷はその脅迫めいた内容を、苦しむのではなく、恍惚《こうこつ》とした表情で語っている。そして、その体に絡み付く黒い蛇の妖も、不気味に蠕動《ぜんどう》し、ぐいぐいとその体を締め付けているのだ。

けれど、哀れな男はそれを恋の苦しみとでも思っているのか、ますます切なげに陶然とした眼差しで受け止めている。

「君の忠告はありがたいよ、坂之上さん。でも、僕は駄目なんだ。この身が破滅しようと、彼女への想いを捨てることはできない。すまないね……」

川谷は背を丸めて立ち上がり、気怠《けだる》げに教室を出て行った。香澄はその後ろ姿に禍々《まがまが》しく取り憑く蛇の影を睨《にら》みつける。以前よりも少し大きくなっている気がする。このままでは、川谷は呪い殺されてしまうだろう。だが、これほどの大物は、香澄だけでは退治できない。呪いの大元もわからぬままでは危険である。

香澄は一度家に帰り、朧を伴ってこっそりと学校へ戻った。そして川谷が出てくるのを待ち、その姿を朧に見せる。

「ほう……あれが蛇憑きの教師か」

「あの妖、やはり以前の猫鬼のように日に日に大きくなっていますのよ。暁子様のときと違うのは、すぐに殺そうとはしていないこと。でも、先生は確実に弱っていますわ」

朧はじっと蛇の影を観察している。

「うむ。あれは蠱毒の類ではないな。前の猫鬼とは違う……人の念が蛇の形と成ったものではないのか」

「人の念……一体、誰の」

「蛇の気配を辿ればわかるやもしれぬ。このままあの男についていくか？」

香澄は悔しそうにかぶりを振る。

「今日は無理だわ。もう戻らなくては。ピアノと仏蘭西語のレッスンが入っているんですもの」

「今日もなのか」と、朧は驚く。香澄にはほぼ毎日何らかの稽古《けいこ》事が入っていて、いつでも忙しそうにしているのを見ているからだ。

「おぬし、毎日なかなか大変な生活をしておるのう……友人とも滅多に遊んでいないではないか」

「そんな時間、ありませんわよ。でも、この学校に通う皆さんも同じようなものだと思いますわ。大体、学校で仲良しのお友達と家でも遊べるとは限りませんし」

「何故じゃ」

「家に呼べる方は親が選ぶんですの。暁子様のことは事前にお祖母様に了解をとっていましたから大丈夫でしたけれど」

「ふむ……何とも窮屈な世界じゃのう」

「その通り。窮屈で……退屈ですわ」

香澄はふと、教室で窓の外を眺める物憂げな瑤子の横顔を思い浮かべる。

手段こそ違うものの、日常に飽いて刺激的なことを求めているのは、瑤子も自分も同じなのだ。恵まれた環境、課せられる日々のこと。様々な決まり事に、暗黙の了解。そんな生活に嫌気がさして、突如線路から外れてみたい発作を起こす。それは持たぬ者の苦しみを知らぬゆえの甘えなのかもしれないが、そんな気まぐれを少しも覚えないほど、血の冷たい姫君ばかりではない。

そう思うと、香澄はふと、大昔に怪しい流れ者の巫女を愛するようになった殿様の気持ちもわからないではない、と感じる。色々な土地を旅し、様々なものを見て、聞いて歩いてきた巫女の話は、屋敷の奥深くに閉じこもり、やんごとなき時間ばかりを過ごしてきたお公家様にはたとえようもなく刺激的だっただろう。何の変化もない日常が突如違うものに見えるほどの昂揚《こうよう》を覚えたことだろう。毎日に張り合いが出て、彼は生き生きとしたに違いない。

（私も、朧が蘇る前ならば、暁子様のことも、川谷先生のことも、これほど熱心にかかわらなかったかもしれない）

何となく、そんな風に思う。実際、これまで何か仔細ありげな状況を見ても、自分に影響の及ばぬことならば見ぬ振りをして通り過ぎていた。朧が今側にいるからこそ、香澄は積極的に自ら事件の中へ飛び込んでいるのだ。

「香澄よ。では、今すぐに屋敷に戻らねばならぬのか？」

「いいえ、そんなに急いではいないけれど……」

「それならば羊羹を買って帰ろう。よいであろ？　な？　我、役に立っているであろ？」

幼児のように袖を振りながら羊羹をねだる朧を眺め、香澄は苦笑を浮かべる。想像していたものとはあまりにも違う変化だが、これはこれで刺激的……なのかもしれない。

＊＊＊

急展開は、その数日後に突然やって来た。

始業の時間になっても、川谷も、瑤子も登校していないのである。学校には何の連絡も来ていないようで、教師たちも首を傾げている。

「あのお二人が揃っていらっしゃらないだなんて……」

「まさか、いよいよ駆け落ちなさったのかしら」

「わあ、あなた、そんなお言葉を仰って！　いけないことですわ」

「だって、今年のお正月にもお抱え運転手と駆け落ちなさった方がいらしたじゃないの……結局連れ戻されてしまいましたけれど、新聞沙汰《ざた》にもなりましたわよね」

　級友たちのお喋りを聞きながら、香澄も気が気ではない。

（瑤子様と川谷先生が駆け落ち……？　そんなこと、あり得ないわ。瑤子様にとってはただのお遊びなんだもの。でも、川谷先生にとっては……？）

　もしも瑤子が川谷に駆け落ちしよう、などと誘われたら、その日の気分次第では面白がってついていってしまうかもしれない。だが、川谷は本気なのだ。先日の思い詰めやつれた様子を思い出せば、最悪心中でもしてしまうかもしれない。さすがにそのときになって瑤子も面白半分ではできないだろうが、川谷が力ずくで成し遂げようとすれば、いくらやせ衰えた中年男とは言え、女の細腕では敵わない。

「なんだか心配ですわね、瑤子様のこと……」

　香澄がよほど深刻そうな顔をしていたのか、暁子が気遣って声をかけてくる。

「暁子様……私、少し具合が悪くなって参りましたわ」

「えっ。香澄様、どうなさったの」

「先生には、風邪をひいたので早退すると伝えてくださる？　お願いしますわ」

ぽかんとしている暁子にほとんど強引に頼み込んで、香澄は急いで教室を出た。

（川谷先生はこれまで無断で休んだことなどなかったはず……瑤子様は何度かあったかもしれないけれど、二人一緒にだなんて、やっぱり見過ごせないわ）

香澄は屋敷に戻り、書斎でうたた寝をしていた朧を引っ張り出して、まず水山院の屋敷に赴《おもむ》いた。門のすぐ側で自動車を磨いていた運転手を見つけ、瑤子のことを訊ねる。

「あなた、毎朝瑤子様を学校へお送りしている方ですわよね」

「は、はあ……そうですが、何か」

運転手はまだ歳若い爽やかな美青年である。いかにも瑤子の好みそうな外見に、この青年もすでにお手つきだろうと想像しながら、香澄は質問を続ける。

「瑤子様が学校にいらしていなかったんですの。今朝はきちんとお送りしたんですの？」

「ええ、もちろんです。え、姫様が、学校にはいらっしゃらないのですか……？」

運転手も困惑した様子で美しい眉をひそめている。今朝瑤子を学校に送り届けはしたようだが、その後、校舎に入る前に、川谷とどこかへ行ってしまったのだろうか。

「香澄、その川谷とやらの家は知っておるのか」

「いいえ、まったく……困りましたわね」

「もしかすると蛇のにおいが残っているやもしれぬ。先日遠くから嗅《か》いだだけだが、上手く行けば猫鬼のように居場所を突き止められるやも」

「でも、川谷先生が今朝一度学校に来たとは言い切れないわ。昨日のにおいでも残っているものなの？」

「毎日同じ道を通っていれば、自然とにおいは染み付くものじゃ。まあ、やるだけやってみよう」

二人は一度学校まで戻り、門や塀の周りで蛇のにおいを探す。だが、折悪しく雨が降ってきた。朧は顔をしかめる。

「いかん。これではにおいが辿れぬ」

「ちょ、ちょっと。犬じゃあるまいし、雨でにおいが流れてしまうんですの？」

「違う。蛇のにおいは水のにおいと似通っておるのじゃ。流されることはないが、雨が降っていれば紛れてしまって嗅ぎ分けられなくなってしまう」

「その鼻、肝心のところで役に立ちませんわね……」

雨脚が強くなってきた。傘を持っていない二人は慌てて近くの神社へ飛び込み、お社の屋根の下で雨宿りをする。

「困りましたわ……通り雨のようですけれど、一体いつ止むのかしら」

「こう地面が濡れてしまっては、弱い痕跡だと辿ることも難しい……はて、どうするべきかのう」

二人が頭を悩ませていると、ふと、お稲荷《いなり》さんの石像が朧の目にとまる。

「む……狐、か……」

「朧、どうなさいましたの」

朧は首をひねっていたが、やがて得心したように頷いた。

「香澄。帝都に、蛇を祀る神社はあるか」

「え？　蛇……？」

蛇は世界各地で生死、豊穣、水などを司《つかさど》る神として信奉されている。日本でも古来より蛇神信仰は存在し、現在もさほどに多くはないがいくつかの神社で祀られているはずである。八岐大蛇《やまたのおろち》や大物主《おおものぬし》などが有名だ。

「ええと、確か……品川《しながわ》の方にあったような。地名が上蛇窪《かみへびくぼ》村といって……」

「もしかすると、川谷に蛇が憑いたのはその神社を詣《もう》でていた人間の念やもしれぬ」

「えっ。でも、あそこは白蛇を祀っていたと思いますわ。先生に憑いているのは黒い蛇で……」

「それは影じゃ。蛇神が憑いているわけではない。蛇神を信奉する者の念が蛇の形に成った可能性はある。人の強い祈りは時として思わぬ力を生み出すものじゃからな。暁子の件然《しか》り……ともかく、行ってみなければわからぬが」

「わかりましたわ。では、自動車を頼みましょう」

香澄たちはびしょ濡れになって屋敷へ戻り、新しい着物に着替えてから、運転手の岩倉《いわくら》を捕まえて自動車を出させた。

「お嬢様、近頃妙な行き先ばかりですが……朧様と何をなさっているんですか」

「知らぬが仏よ、岩倉。とにかく急いで頂戴」

これから毎度こうして岩倉を巻き込むことになるのも気の毒な気がして、香澄は隣の朧に耳打ちする。

「ねえ、朧。あなた、陸奥国にいながら鈴鹿山に棲《す》む鈴鹿御前と夫婦だったのでしょ」

「うむ、その通りじゃが」

「鬼の妖術で遠い距離もあっという間に飛び越えられたのではなくって？　その力が使えれば、このように自動車を使わずとも、目的の場所にすぐ行けるじゃありませんか。電車やバスを使ってもいいのだけれど、急ぎのときには少し不便だし」

「この姿ではできぬ。元の姿に戻った上で、雷を引き寄せその力を使うのじゃ。多少ビリビリするがよいかのう？」

「……却下ですわ。失敗したら真っ黒焦げになって終わりそうですもの」

やがて自動車は高輪《たかなわ》の御用邸や泉岳寺《せんがくじ》、大崎《おおさき》の工業地帯などを通り抜け、目的地周辺に着く。帰りは電車などを使うからと岩倉に告げ、自動車を先に帰らせる。

「ここですわ、神明社《しんめいしゃ》」

「海が近いのう。潮のにおいがするわ」

「あなた本当に鼻がきくのね。そんなに近くはないけれど確かに海がありますわ。品川は潮干狩りでも有名ですわよ。今その暇はありませんけれど、いつか品川沖で楽しむのもいいかもしれませんわね」

雨もほとんど上がり、傘なしでも歩けそうな気配になってきた。だが、依然として地面は濡れている。

先ほどまでの土砂降りの影響か境内に人気はなく、銀座《ぎんざ》や赤坂《あかさか》に比べればかなりのどかな土地柄のためか、辺りは静まり返っていた。

「様々な人の念がこもっておる。さすがに神頼みに熱心に通う者らじゃな……」

「では、やはりわかりませんの?」

「いや……ひとつ、ひと際《きわ》強い念がある。これかな……雨で濁《にご》っているが、少し追ってみよう」

朧はふらふらと念の軌跡を辿り始める。香澄は黙ってその後をついていく。

やはり好物が鬼というだけあって、においに敏感なだけでなく、嗅ぎ分けもできてしまうのが朧のすごさだ。香澄はいくら妖力が強いとはいえ、人間の体なので、鬼の気配を感じこそすれ、そのにおいの違いなどわかるはずもない。

（でも、そんな朧が瑤子様を怖がるだなんて……あの方って鬼以上なのね）

瑤子にダンスに誘われた後、しばらくして逃げるように香澄のもとへ戻ってきた朧の情けない顔を思い出す。瑤子はいずこからか坂之上家の屋敷から度々出てくる美少年の噂を聞き、会ってみたいと思って侯爵に頼んで、朧を呼び寄せたのだろう。このぼんやりとした鬼がどうやって瑤子の誘いに抗《あらが》ったのかは謎だが、もう水山院の屋敷に二度と行きたくないというのは、彼女のことがすっかり怖くなってしまったからに違いない。

（鬼なんて陰気の塊、つまり欲望の塊だと思っていたのに、朧は女が嫌いなのかしら）

今のところ羊羹が好きなとぼけた鬼にしか見えぬが、いくら使役し妖力を抑えているとはいえ、鬼は鬼。香澄は朧のすべてを信用しているわけではないが、悪意のないことはわかる。

（朧のことをもっと知らなくては……坂之上家の守り神、悪路王のことを）

「ん……この気配……」

ぴたり、と朧の足が止まる。考え事をしていた香澄は危うくその背に鼻先をぶつけそうになった。

「どうなさったの。においが途絶えてしまった？」

「いや、逆じゃ。この家……中から紛うことなき蛇のにおいがしよる」

目の前のこぢんまりとした家は何の変哲もない一般的な民家だ。けれど、朧の言う通り、香澄にもわかるほどの邪念が家の中からあふれ出ている。

「表札……『川谷』ですわ。この家で間違いないようね」

「ではその教師の身内が蛇神を詣でていたということか」

香澄は朧に少し離れるように指示し、警戒しながら引き戸を叩く。

「ごめんください」

しばらく何の反応もなかったが、根気づよく何度も呼びかけると、やがて中で人の動く気配がした。

そして、躊躇《ためら》うようにゆっくりと引き戸が開く。中から顔を出したのは、品のよい顔立ちの、線の細い、疲れた様子の女性である。

「どちら様……？」

「あの……私、川谷先生の生徒なんですけれど、先生が今日学校へいらっしゃらなかったので……」

「あら、主人の……わざわざ、どうも」

「奥様でいらっしゃいますか？」

「ええ。川谷の妻の、蔦《つた》と申します」

女性は川谷の妻だった。あの風采の上がらない地味な教師にはもったいないと思えるほどの、上品な美人である。ただ日々の生活に疲れているのか、少しやつれているのが玉に瑕《きず》だ。

蔦は怪訝《けげん》そうな目で香澄を観察している。

「あの、でも……生徒さんと仰りましたが、まだ授業中のはずではないのですか？　どうしてここへ……」

「川谷先生は中に？」

「いいえ。いつも通り家を出ましたけれど……」

質問に答えない香澄を見る蔦の目に、ますます疑いがこもり始める。

「どうしてこの家がおわかりになったの？　もしかして、あの人がここの住所をあなたに教えたのかしら」

「いえ、そういうわけではないのですけれど」

まさか蛇のにおいを辿ってここまで来たとは言えない。しかし、言葉を濁した香澄を見つめる蔦の目に、何を思ったか、一瞬激しい憎悪が宿った。

その瞬間、女の体からずるりと巨大な黒蛇の長々とした胴体が抜け出す。それは身をくねらせ、居間の方へ素早く這《は》ってゆく。

香澄は目を見開いたまま、しばし凝然《ぎょうぜん》としていた。今のは、紛れもなく川谷に取り憑いていた黒い蛇そのものだ。

(この人だわ……川谷先生の奥様が、夫を呪っていたんだわ！)

「申し訳ないんですけれど、お帰りください。主人はここにはおりませんから」

「それは嘘じゃな」

いつの間にか香澄の背後に朧が立っている。蔦は突然現れた少年にぎくりとした顔で言葉を詰まらせ、二人を見比べる。

「蛇は中へ入って行ったな。では間違いなく川谷は中におるということじゃ」

「な、何なんですかあなたたち！　いきなりやって来て、一体……」

「すまぬが少し上がらせてもらうぞ」

朧は強引に蔦を押しのけて家の中へ入った。香澄も慌ててそれに続く。

蛇は奥の座敷に入り込んだ。それを追って襖《ふすま》を開けると、果たしてそこには薄い布団の上に仰向けになって倒れている川谷と、その体に絡み付く黒蛇の姿があった。そして、その傍らには罪のない顔で眠っている赤子が産着《うぶぎ》に包《くる》まれ横たえられている。

香澄はふとちゃぶ台の上に乗っている小瓶を見て、息を呑んだ。

「ベロナールだわ……」

「ん？　何ぞ、それは」

「独逸《ドイツ》の睡眠薬ですわ。飲み過ぎれば死に至る……」

廊下から幽鬼のような蒼白い顔をした蔦が現れる。香澄と朧の視線を受けて、彼女は目を伏せため息を落とす。

「あなた、先生と心中しようとしていたんですの？　まさか、赤ん坊まで……」

「……ただの睡眠薬ですわ。眠れなかったので」

「こんな昼間から睡眠薬？　それは少し妙ではないかしら」

香澄の指摘に、蔦は苦々しい顔をして夫を見下ろす。

「だってこの人、起きないんですもの。最近怠そうだと思っていたけれど……今朝、いくら起こしても目が覚めなくて。呼吸も細くて、今にも絶えてしまいそうで……だから、ただ、私は、この人の後を……」

「おぬしの邪念から解放してやれば目覚めるぞ。この蛇をどうにかせい……といっても、ここまで成長してしまえば無理じゃろうが」

蔦はギョッとした様子で朧を凝視した。

「へ、蛇……？」

「そう、蛇じゃ。おぬしの邪念が蛇と成って、この男の生気を吸っておるのよ」

「奥様、蛇神様にお祈りしていたのでしょう？　そのせいで先生には蛇が取り憑いているんです。あなたには見えていないかもしれませんけれど、その蛇に先生は弱らされていますの」

「……そんな」

蔦は呆然として横たわる夫を見つめている。

「私は、ただ……この人の心を取り戻したかっただけなのに」

「先生の心を……？」

蔦は崩れ落ちるように川谷の寝ている布団の傍らにへたり込む。沈痛な面持ちで夫を見つめ、声を震わせた。

「……わかっていました。夫が、他の誰かに恋をしているということは」

蛇という言葉を聞いた途端に、もう隠し立てをしても無駄と悟ったのか、蔦は訊ねられてもいないのに自ら語り始める。

「……優しい人でした。見合いで会って一週間後には結婚したような仲でしたけれど、二人で暮らし始めてからもずっと変わらず、私を愛してくれました」

蔦の言葉に呼応するように、黒い蛇が川谷の上で蠢《うごめ》いている。こんな禍々しい存在がすぐ近くにあるというのに、母の気配と感じてか、赤ん坊はすやすやと静かに眠っている。

「でも、女学校への勤務が決まって……良家のお嬢様ばかりがいる立派な学校に奉職できるのだと、夫は大層意気込んでおりました。私もそのときは優秀な夫を誇らしいと思っていましたが、だんだん心配になってきて……若い綺麗なお嬢さんたちばかりのいる学び舎へ毎日通う夫が、日々瑞々《みずみず》しい花を見て家に帰ってきて、私のような散りかけた女を見てがっかりしてしまうんじゃないか、って……」

香澄と朧は目を見合わせた。

蔦は、夫が女学校に勤めることになったときから、まだ何も起きていないというのに、猜疑心《さいぎしん》を抱えていたようだ。

「そして、ある日私の予感が的中したことを悟ったんです。夫は、突然様子がおかしくなりました。いつも何かを思い詰めているようで……呼びかけても気づかないほどにぼんやりとして。次第にそれは深刻になっていき、学校からの帰りも遅くなって……彼が誰かに心を奪われていることは明らかでした」

間違いなく、川谷本人が告白した、例の盗難騒ぎの件だろう。その日に瑤子から誘惑され、それ以来、川谷は彼女の虜《とりこ》になってしまったのだから。

「けれど、私は何も言えませんでした。相手が誰なのかも知らないし、出かける夫の後を秘かにつけようと思っても、まだ乳飲《ちの》み子で手のかかるこの子を置いてはゆけません。連れて行けたとしても、突然泣き出せばすぐにばれてしまう。それに、女の身でそんなはしたないことはできませんから……」

「それで……蛇神様に熱心にお祈りしたというわけですの？」

蔦は力なく頷いた。

見るからに品性豊かで慎み深い女性の蔦は、夫への不満や苛立《いらだ》ちを直接言葉にすることができずに、胸のうちに閉じ込めていたのだろう。赤子を誰にも預けられない環境だとすると、相談できる相手もなかったのではないか。だから、蔦は行き場のない想いを、神仏に告白し縋《すが》ることで、心の安定を図っていたのだ。

しかし、そのあまりに強過ぎる想い、捩《ね》じれた夫への愛欲の情は蛇神の姿と成り、無自覚のうちに夫に取り憑いた。あるいは、お社に縁ある本物の蛇神が蔦の念に惹かれ、引き寄せられてしまったのかもしれない。

「でも、そんな……この人がこうなってしまったのが、私のせいだったなんて……」

「こうなってしまっては人の手には負えぬな。どれ、我が喰ってやろう」

朧が舌なめずりをして蛇を覗き込む。だが蛇は川谷の体から離れようとしない。

「朧、そのままの姿で大丈夫なんですの？　この蛇もかなりの大物ですけれど」

「うむ。これではちと具合が悪いな……」

朧はちらりと憔悴《しょうすい》した様子の蔦を見る。今はただの少年としか見えない朧が突然赤い鬼に変身してしまったら、失神でもしてしまうかもしれない。

香澄は蔦の側へ膝をついて、落ち着いた声で語りかける。

「奥様。私たちには妖に関する心得がありますの。川谷先生の蛇は、きっと私たちが祓って差し上げます」

「え……、あなたたちが……？　本当に……？」

「ええ。この家をつきとめたのも、蛇神様のお社から蛇のにおいを辿って来たからなのです。けれど、普通の人には少し危険ですから、赤ちゃんを連れて廊下へ出ていらして。私がいいと言うまで、襖を閉めたまま、中へは入らないでくださる？」

香澄がそう促すと、悄然《しょうぜん》とした蔦は半信半疑の様子だったが言われるままに頷き、眠ったままの赤子を抱いて部屋の外へ出た。

それを見届けた後、香澄はまず蛇が逃げ出さないよう、部屋の中に結界を張り、そしてその名を呼んだ。

「悪路王！」

赤い光が渦巻き、赤銅色の肌の鬼が現れる。長身で身の厚い鬼の出現に、たちまち四畳半ほどの部屋は窮屈な空間になった。

その凄まじい鬼気に黒蛇はさすがに反応し、鎌首をもたげて激しく威嚇《いかく》する。狭い部屋で暴れ回る蛇を、香澄は悪路王に護られながら、九字《くじ》を切って縛り付けた。蛇は恐ろしげな声を上げて硬直する。悪路王は太い喉《のど》を鳴らして愉快げに笑っている。

「おお。猫鬼のときよりも上手くなったのう、香澄よ」

「少しは慣れましたから。慌てると印を結ぶのが間に合いませんもの」

印は内縛《ないばく》の印、外縛《げばく》の印、剣印《けんいん》、索印《さくいん》など、複雑な指の動きを形作らねばならず、それが身についている香澄も、滅多に九字を使うほどの大きな妖は相手にしないので、動揺していれば動きが遅れてしまう。

「こやつは猫鬼よりも不味《まず》そうじゃ。まあ、ゆるりと味わうとしよう」

九字で縛られてもまだ猛然と襲いかかろうと身を震わせている蛇を、悪路王の赤い目の光が絡めとる。蛇は恐怖のためか長い体を縮こませ、その瞬間、悪路王は大きく胸を膨らませ、ひと息に黒い蛇を呑み込んだ。朧の中で蛇が暴れ回っているのか、その喉が不気味に蠢いているのが見える。

「いつもながら、悪趣味な光景ですこと……」

「うむ……見た目よりも美味じゃ。味は少々水っぽいが、練れた陰気の味わいが上品な後味を残し、鼻に抜ける香りもまた酔わせるのう」

「そのお味、やはり蛇神様のものでして？」

「いや、これは……」

悪路王は口の中を舌で確かめながら、首を傾げる。

「確かに蛇の味じゃ。しかし、蛇神そのものではないな。いわば、半蛇といったところか。半分の蛇、じゃな」

「半蛇……？　それでは、やはり人の情念が蛇に……？」

「半蛇、言うなれば般若《はんにゃ》じゃな。おぬしも知っておるじゃろう。我の時代には猿楽《さるがく》と言ったがな。縠の書斎で能の書物も興味深く読んだのよ」

悪路王は香澄の父の書斎で暇さえあれば書物を読み耽《ふけ》っている。千年の間に蓄積された人の知識はさすがに膨大だが、この鬼はきちんとそれらを吸収しているようだ。

「能で使われる般若の面は、鬼に堕《お》ちた女の顔。その情念で人の身でありながら蛇の化身となり、男を呪い殺す妖となる」

「能のことならわかりますわ。般若の面は本成《ほんなり》、中成《ちゅうなり》、生成《なまなり》に区別されるのでしたわね」

普通の芝居なぞにはあまり興味を持てぬ香澄も、能で使われる面は好んでいる。その表情は動かぬものながら、役者の顔の俯《うつむ》け具合、光の加減、その仕草で面白いほどに魅力的に変化するのである。そして何と言っても、その面の不気味で深遠たる趣《おもむき》が、香澄の気に入っている。

「『道成寺《どうじようじ》』は蛇の極みに至り本成の蛇面を用い、『葵上《あおいのうえ》』などは中成、ほとんど蛇に近づけぬ中途半端なものは生成……それにしても、なぜ女の情念は蛇体と成るのかしら」

「さて。蛇と女の関係は、蛇と女にしかわからぬやもしれぬな。男への憎しみと恋慕の情の激しさから、蛇に姿を変えてしまう女たち……この黒蛇があの女の念から産まれたものならば、いずれ蛇は女の体を取り込み、正真正銘の鬼に堕ちたことじゃろう。なんとも、哀れなものじゃ」

哀れ——その言葉に、香澄は虚しさを覚える。

(言いたいことを言えずに心に秘めるだけに、その情念の激しさは女を鬼に変えるのだわ。嫉妬や邪念、陰湿な心は軒並み女のものとされるけれど、私はそうは思わない……)

もしもこの世で、男女の立場が逆転すればどうなっていただろうか。女が権力を握る世の中で、窮屈なしきたりに縛られ、女に支配されるのが男という世の中だったならば——蛇と成るのは、男の方だったのかもしれない。

目を閉じて長々と黒蛇を味わっている悪路王を眺めながら、香澄ははたとその髪が以前変身したときの長さのままであることに気づく。

「あら？　そういえば、あなた、髪が……」

「うむ、伸びたな。というか、我の本来の形がこの長さなのでな。おぬしが悪路王と呼べば切ろうが伸ばそうがこの長さに戻るのじゃ」

「鬼ってよくわからないことだらけですわね……」

二人が喋っている間に、黒蛇の締めつけがなくなったためか、川谷の顔は徐々に生気を取り戻し始める。香澄はそれを見てほっと胸を撫《な》で下ろした。

「もうすぐ先生が目覚めそう。悪路王よ、その姿戻しますわよ」

鬼の王はがっかりしたように肩を落とす。

「ふう……いつでも一瞬じゃのう。この姿がいちばん心地よいのじゃが……」

「そんな姿で往来を歩く気？　目立つのは嫌ですから御免被《こうむ》りますわ」

香澄の一声で悪路王は朧へと姿を変える。そして、切ったはずの髪はまた元の長さに戻っている。鬘《かつら》とでも説明すればよいのだろうが、これからは頻繁に髪の長さを変えることは控えた方がよさそうだ。

「奥様。もうよろしいですわよ」

廊下に声をかけると、恐る恐る襖が開かれる。部屋に入った蔦は、夫の顔色のよくなったのを見て、涙をこぼし、その体に縋《すが》りついた。

「ああ……、あなた……あなた……」

「ん……、蔦……？」

妻の声に、川谷がうっすらと目を開ける。視界にはいつもの部屋と、自分に取り縋って泣く妻と、そしてなぜか香澄と見知らぬ少年がいるのに気づき、目を丸くして半身を起こす。

「こ、これは一体……どうしてここに、坂之上さんが？」

「川谷先生。あなた、死にかけていたんですのよ」

率直にそう告げると、川谷はぽかんと呆気にとられている。

「あなた、ごめんなさい。私、もう蛇神様などには祈りませんわ。あなたご自身に、私の心を包み隠さず申し上げます。ですから、どうぞお許しになって、あなた……」

突然懺悔《ざんげ》を始める妻に目を白黒させながら、しかし、川谷は自分の体が以前とは変わったことを感じたのだろう。ふしぎそうに香澄たちを眺め、そして泣いている妻と眠っている子どもを眺めた。

「よく、わからないが……きっとこの状況は、僕のせいなのだろうね」

「先生。目は覚めまして？　お体の方でなく、心の目が」

香澄の冷ややかな眼差しに見下ろされ、川谷は気後れした様子で下を向いた。

「そう、だね……なんだか、随分体が軽い。何かから自由になったみたいに」

蛇の呪縛から解放された川谷は、まともな思考力を取り戻したようだ。皮肉にも、妻の愛欲の鬼が夫を疲弊《ひへい》させ、道ならぬ欲望から逃れる気力を奪っていたのである。

「僕は、決してしてはならないことをしていたようだ。僕にとって何がいちばん大切なのか……今ようやく、わかったような気がするよ」

川谷は妻と子を抱き締め、目に涙を浮かべた。意識がない間のことはわからぬはずだが、妻の言葉や態度から、朧げに状況を察したらしい。

家族がひとかたまりになって抱き合っているのを見て、香澄と朧はもうこの一家は大丈夫だと判断し、川谷宅を出た。

気づけば外はすっかり夕暮れ時になっており、二人の長い影が品川の地に伸びている。

「ふう……満腹じゃ。猫鬼以来の大物であったな」

「猫鬼以来、って……まだあれから少ししか経っていないじゃありませんの。そんな頻繁に凶悪な鬼に出会っていたらたまりませんわ」

「そうだったか？　我は久方ぶりに満足のゆく食事をした気がするぞ」

「まあ……人の生きる世である限り、鬼は生まれ続けてしまうものですけれど」

ふと、朧が何かを思い出したような顔で首を傾げる。

「しかし、川谷は家にいたが、瑤子の方はどこぞへ行ったのかのう」

そういえば瑤子の行方はわからぬままである。川谷と駆け落ちをしていないのなら、彼女は今どこにいるのだろうか。

二人がそのことについて色々話しながら赤坂の屋敷へ戻る道すがら、偶然、麻布《あざぶ》の芝《しば》公園の近くに、どこか見覚えのある自動車が停まっているのに気がついた。

「香澄、あれは……」

「ええ。結局、こちらはいつも通りだったということですわね」

自動車は今朝水山院家で見たものだった。その車内では、美貌《びぼう》の運転手と瑤子とが、指を絡ませながら熱烈な接吻を交わしていたのである。

＊＊＊

数日後、川谷吾郎はついに覚習院女学校に戻ることなく、学校を辞めた。風の噂では、家族で川谷の実家の福岡へ戻り、地元の学校でまた教師をやっているのだという。

「私、川谷先生に憑いた蛇を見たときは、絶対に瑤子様のものだと思いましたのに」

「うむ。あの蛇に関しては、瑤子は濡れ衣じゃったな」

朧は食後の羊羹を食しながら幸福そうに頷いている。よくもまあ飽きぬものだと呆《あき》れながら、香澄は砂糖をまぶした焼き菓子を摘《つま》んでひと口かじる。

「朧だって、瑤子様と蛇は相性がよさそうだと言っていたじゃないの」

「まあ、それはそうじゃが……蛇にも様々な意味があるからのう」

「それってどういうことですの？」

「よいよい、香澄はまだそのままでおればよいのじゃ。我は辛抱強い鬼じゃからな」

一人上機嫌な朧に香澄は首を傾げる。千年眠っていた鬼は時折意味のわからないことを口走る。

「瑤子様と今回の鬼は本当にまったく無関係だったのかしら。だって朧、あなたあの方に怯えていたでしょ。瑤子様に大層な鬼は憑いていないように見えましたけれど」

「この世で怖いものは鬼だけではないぞ。鬼であれば厄介だが、我は喰らうことができるし、術師は祓うこともできるじゃろ」

羊羹をぺろりと平らげた後、朧は満足げに煎茶を啜る。

「怖いのは瑤子のような生まれながらの魔性じゃ。あれは、おぬしにも、我にもどうすることができぬ。その方が始末に負えぬではないか」

確かに、と香澄は納得する。

瑤子は、川谷が学校を辞めると聞いたときも何の反応も示さなかった。いつものように退屈そうに窓の外を眺め、ぼんやりとこの学び舎での時間が過ぎるのを待っているだけ。

一家をあわや心中まで追い詰めた鬼にも勝る魔性を持つ少女。

その横顔は、神聖と呼べるほどに美しく、無邪気と呼べるほどにあどけない。

第三話　嫉妬の鬼

朧《おぼろ》の華麗なる一日は、容赦ない主のひと声で始まる。

「ほら、朧。早く起きませんと、朝の羊羹《ようかん》は私が食べてしまいますわよ」

その言葉は真言よりもてきめんで、朧はぱっと寝台から飛び起きる。

朧に与えられた一室は香澄《かすみ》の部屋のすぐ近くである。一応、朧に名を与えた香澄はこの悪路王《あくろおう》の主となったわけだが、性別の上では男と女であり、すぐ隣の部屋、とするには当主の毅《つよし》が難色を示したので、ひと部屋挟んだその隣、という塩梅《あんばい》になった。

一万坪近い広大な敷地を有する坂之上《さかのうえ》家は、江戸時代に建てられた古い大きな日本家屋に住んでいる。今朧の寝起きしている部屋は元々客室であり、御一新の後に欧化政策の波に乗って洋風に改造されたもので、床には臙脂色《えんじいろ》の絨毯《じゅうたん》が敷かれ、天蓋《てんがい》付きの寝台に、天鵞絨《ビロード》の長椅子、マホガニーの卓子など、すべて西洋風のものとなっている。

初めは朧にとって著《いちじる》しく面妖で奇異に映ったこの部屋も、今では勝手知ったる我が一室となり、こうして香澄に起こされるまで熟睡してしまうという馴染みぶりである。

「ふう……今日も暑くなりそうじゃのう」

朧は洗い立ての白絣《しろがすり》の浴衣《ゆかた》に着替え、横縞《よこしま》の帯を締めて、長い黒髪を束ね部屋を出る。

朝食の後に風呂を使い、寝汗を流すのが最近の日課だ。

「おはよう、朧」

「おう、今日も早いのう、香澄。学校はもう休みに入ったのじゃろう？」

「習慣になっていますもの。それに、朝食の席には家族全員が顔を見せなければいけませんわ」

香澄の学校はすでに夏休みに入っており、いよいよ夏の暑さも盛りとなってきた。香澄はすでに湯を使った後のようで、湯上がりの肌に瑠璃《るり》色の縦絽《たてろ》の着物が目に涼しい。

八月には東京の暑さを避けて皆で逗子《ずし》へ行く予定らしい。そこに坂之上家の別荘があり、その辺りには華族の別荘が多く建っているのだそうだ。

「我もともに行ってよいのか？」

「当たり前です。この家に残ってどうするというの？　あなたは私の鬼なのだから、主の行く先にはいつでもついてくるのが当然でしょう。それに、ここにいたら暑さで茹《ゆ》で上がってしまいますわよ」

「暁子《あきこ》なぞも避暑地へ行くのかのう」

「暁子様は宮《みや》様の御相手で葉山《はやま》へいらっしゃるそうよ。瑤子《ようこ》様は今年は軽井沢《かるいざわ》、だったかしら。逗子にも別荘をお持ちだったと思うわ」

「なるほど……皆夏は東京にはいなくなるのじゃな。逗子は涼しいのか？」

「ええ、東京よりはね。毎日海で泳いだり、ボートに乗ったりするのです。朧、あなた海に行ったことは?」

「我は山育ちじゃからのう。ちと怖いが、面白そうじゃ」

香澄と避暑地の話などしながら、食堂に入る。すでに皆は揃っていて、朧たちが席につくと使用人たちが早速給仕を始めた。

日常と変わらぬ風景だが、朧には香澄が少しだけ浮かれているのがわかる。休みに入ったばかりの時期は解放感にあふれ嬉しいものなのだろう。

だが、その和やかな空気は、毅《つよし》の一言で破壊された。

「急なことですまないが、女を一人近くに住まわせることになった」

爽やかな陽光の降り注ぐ朝食の席で、香澄の父、毅は薮《やぶ》から棒にそう告げる。

「梅《うめ》といってな。日本橋《にほんばし》で芸妓《げいぎ》をやっていた女だ。歳は二十二になる」

兄の実《みのる》はぽかんと口を開け、嫁の国子《くにこ》は目を丸くし、祖母の歌子《うたこ》はため息をついている。

父親の女癖の悪さを軽蔑《けいべつ》している香澄は、氷よりも冷たい凍てつくような眼差しで毅を見つめ、朧はキョトンとして一同の顔を見回している。

場の空気が一気に冷え込んだのを感じてか、実があえて軽い調子で訊ねる。

「へえ、それは驚きました。近くというのはこの敷地内ということですか」

「うむ。新しく家を建てようと思っておる。その間、梅には離れに住んでもらおうと思ってな。落ち着くまで、今年は少し逗子へ行く日をずらそうと思う」

「竹《たけ》のように子を孕《はら》んだのですか」

歌子はすでに諦めた様子でハムエッグを切って口に運ぶ。

「はい、どうやらそのようです。ですから、引き取って面倒を見ることにしました」

「それって本当にお父様の子なんですの？」

香澄が冷ややかに訊ねる。

「家欲しさによそで作ってきたのではなくって？」

「香澄さん。はしたないですよ」

「お父様の行為の方がずっとはしたのうございますわ」

歌子を一瞥《いちべつ》し、香澄は早々とフォークを置いて、席を立つ。

「すっかり食べる気がなくなってしまいました。お先に失礼いたします」

「こら、香澄……」

娘を叱ろうとする毅だが、後ろめたい気持ちがあるためにその口調は極めて弱々しい。

香澄が出て行った後静まり返った食堂で、朧はふしぎそうな顔をしている。

「何故香澄はあのように怒っておるのじゃ？　毅が妾《めかけ》を囲っているのは今に始まったことでもないじゃろうて」

「初めてでも十度目でも、香澄さんは怒りますよ。多感な年頃ですからね」

「毅よ。おぬしは子を増やしたいのか？」

「いや、まったくそう思ってはいない。いつも細心の注意を払っているのだが」

「朝からそんな話はやめて頂戴《ちょうだい》」

歌子はやれやれとかぶりを振っている。

「香澄さんもねえ……あの子もあと少しでお嫁にいく年頃なのだから、もう少し大人になってもよいものを……世間では妾などいても当たり前のものなのだから」

「それとも……家ができるまで離れに住まわせる、というのが嫌だったのではないかな」

実の呟きに、毅は苦い顔をする。

「そうか……それはあるかもしれん。香澄は糸《いと》によく懐いていたからな」

「糸？」

聞き慣れぬ名に朧が怪訝《けげん》な顔をすると、歌子が説明する。

「あの子の乳母《うば》だった女ですよ。毅の妾でしたが、原因不明の病にかかって医者も匙《さじ》を投げたのを、離れに住まわせ療養させたのです。結局、そこで亡くなりましたがね」

「しかしそれは、もう昔の話なのじゃろう？」

「そう昔でもないのですよ。六年前だったかしらね……香澄の母は香澄を産んですぐに亡くなったものだから、糸があの子の母親のようなものだったのです」

「香澄は大人びているといっても、まだ十五だからね。兄の僕はからきしだが、あの妖力じゃ色んなものも見えてしまって、滅多に人を信用しない。それが糸には随分懐いていたから、さぞかし心の綺麗《きれい》な女だったのだろう」

「ふむ……なるほどのう」

朧はふむふむと頷き、今日も今日とて朝食を綺麗に平らげ、しっかり羊羹も食べてから立ち上がる。

「朧」

「どれ、我が香澄を元気づけてやるか。一応、我の主じゃからな」

毅が相変わらず苦虫を嚙《か》み潰したような顔で朧を呼ぶ。

「すまない。本来守り神であるあなたをこのように扱うなどと……」

「おや。そのようなことを思うておったのか」

何を今更、というように、朧は顔をほころばせる。

「大事ないぞ。我は香澄に名付けられてむしろ幸せじゃ。かの役小角《えんのおづぬ》に使役《しえき》された鬼神は、やれ水汲みじゃ火おこしじゃとひどい扱いを受けておった。一言主《ひとことぬし》など満足な働きができぬからと岩に封じられる有様。仮にも国《くに》つ神《かみ》じゃというのにのう……。それに引き換え我は時々ビシビシされるくらいで十分豊かな日々を過ごしておる。羊羹も食えるしな」

「悪路王様……」

香澄の他の坂之上家の者らは未《いま》だに朧をどのように待遇すればよいのかと戸惑っているらしい。心優しい『鬼の家』もあったものだと感心しながら、とりあえず注文をつける。

「まあ、そのようなことを気にするのであれば、羊羹は欠かさずに頼むぞ。あれを味わえただけでも、現世に蘇《よみがえ》ったかいがあったというものじゃ」

「ああ、もちろんだ。毎日和菓子屋に作り立てのものを届けさせるようにはからおう」

頷く毅の体には、今日も数多《あまた》の鬼が憑いている。

(女の念ばかりじゃのう……)

香澄が父の鬼はそのままにしておけと釘を刺しているためか、祖母歌子もこの当主に憑く鬼は無視しているようだ。屋敷に入る際に結界を通り抜けているためつまらぬ大きさの鬼ばかりだが、それでもこの数を見ればどれほど女に想われ、恨みを買っているかがよくわかる。毅は確かにいい男だが、絶世の美男子というわけでもない。目鼻立ちは整っているが丸顔でやや童顔だ。人好きのする優しい顔立ちで、他人に警戒心を起こさせない。本当の女たらしというのは完璧な美形の男よりも、毅のように親しみを覚える雰囲気の者なのかもしれない。

（潔癖な香澄では、この父親は到底好きになれまいて）

朧は食堂を出て軽く湯を使い、身支度を整えてから、まず香澄の部屋に行った。だが部屋の主はおらず、屋敷のどの主立った部屋を覗いてみても姿が見えない。

やむなく女中に居所を訊ねたところ、どうやら屋敷に隣接するこぢんまりとした『アトリエ』という場所にいるようだ。そこで香澄は時々絵を描いているのだそうである。

「こんなところで拗《す》ねておったのか」

早速教えられた場所に足を運んでみると、果たして、そこに香澄はいた。

小屋の中は簡素な作りで、土足で入る板の間に、小さな卓子と椅子がいくつか、そして大きなイーゼルがあり香澄はそこにキャンバスを立てかけて油画を描いていた。大きな窓が四方にあり、自然光が小屋の中に差し込んでいる。だが母屋の陰になっているせいか、少し薄暗く、香澄の足下には手元を照らすための洋燈《ようとう》が置かれていた。

「拗ねてなどいません。見えないの？　私は芸術活動の最中なのよ」

香澄はキャンバスの前に立って熱心に何かを描いている。独特な油のにおいが漂い、慣れていない朧は少し顔をしかめる。

「この絵は……また随分、前衛的じゃのう」

「便利な言葉を覚えましたのね、朧」

キャンバスには人間とも怪物とも何とも言えぬ何かしらの物体が怪しい色彩で描かれている。朧からすれば人の臓物に見えるのだが、それを言えばビシビシされそうな気がするので黙っておく。

「上手いか下手《へた》かなんて関係ないのよ。私はただ描きたいから描いているだけ。こうすると気持ちが落ち着くんですの」

「ほお。おぬしは絵が趣味であったか。初耳じゃ」

「毎日描いているわけではありませんからね。まあ、気分転換ですわ」

ただの気分転換にしては真剣な顔で筆を握っている。その冷たい横顔を眺めながら、朧はまだまだ自分がこの娘に関して知らないことが多いのを、内心歯痒《はがゆ》く思った。

「昔離れに住んでいた女のことを聞いたぞ」

「あら……そう」

「実は、それで離れを使われるのが嫌だったのではないかと言うておった」

香澄はしばらく黙って絵を描いていたが、やがて筆とパレットを置いて側の椅子に腰掛けた。何かを話すつもりかと、朧も椅子を引き寄せて香澄の向かいに座る。

香澄はじっと床を見つめた後、おもむろに朧へ視線をやり、低い声で呟く。

「お兄様は、そう思っていらっしゃったのね……」

「実だけではないぞ。皆そう思ったらしい。おぬし、その糸という乳母に大層懐いていたそうではないか」

「……朧。糸がどんな目にあったかは聞いていませんの？」

その重い口ぶりに、顔には出さぬが香澄が静かに憤《いきどお》っているのを感じ、朧は条件反射で息を呑む。

「し、知らぬ。その離れで療養をしていたとしか……」

「療養、ね」

ふっと鼻で嗤《わら》い、香澄は不気味に彩られたキャンバスの方を見た。

「そう言えば聞こえはいいけれど……実情は違うわ。糸は、捨てられたのよ」

「捨てられた……？」

「そうよ。原因不明の病でどんどん体が腐って崩れてゆくの。医者にも手の施《ほどこ》しようがないと言われたけれど、恐らく何かの感染症だったみたい。父は容貌《ようぼう》の崩れた女にもう興味などなかったけれど、そんな怪しい病にかかった女をこの家から出せば、外聞が悪いでしょう。だから、敷地内の離れに置いたのよ。でも……実際は捨てたのと同じこと。父はもちろん、使用人だって皆、感染を恐れて離れには近づかなかったわ。糸の看病をしていたのは、ほとんど私だけだった……」

無表情の香澄の目が、光の加減か青く光っているように見える。その静かな怒気に怯《おび》えながらも、朧は香澄が話すのを黙って聞いている。

「私は生まれてすぐに死んでしまったお母様のことを知らないから、糸を本当の母親のように思って育ったわ。糸は美しくて辛抱強くて、優しい女性だった。お父様の妾だということはわかっていたけれど、糸を母と思っていた私に違和感はなかった。むしろ、お父様が他の女にも手を出していることの方が、信じられなかったわ。糸は一途にお父様を愛し、お父様のなさるどんなことも決して否定したり、怒ったり、拒絶したりしなかった……なぜなら、糸はお父様を深く信頼していたから。お父様も糸のことを本当に愛してやまないのだと、疑わなかったから……」

「他にも、殺には愛妾《あいしょう》がいたのに、か？」

「ええ、そうよ。糸は特別な人だったの。特別穢《けが》れない心を持った人……どんな人間でも小さな鬼くらいは憑くものなのに、糸には一体も憑かなかった。あの人は、本物の聖人だったのよ」

「それは……すごいな」

鬼の憑かぬ人間などいない。朧もそう思っている。

（もしかすると、その糸という女は、ちと足りぬ者だったのではないか？）

悪意を覚えられぬ人など、果たして存在するのだろうか。どんな仕打ちを受けても人を恨まず、怒らず、妬《ねた》まない――それらの感情は自分と他人を比較したときに誰にでも生まれてしまうものだ。けれど、糸にはそれがなかったのだという。負の感情を孕《はら》まねば陰気は生まれない。陰気をまとわぬ人間に鬼は憑かない。先天的にそういう心が欠けているとしか思えぬが、そうでないのなら、香澄の言う通り、本物の聖人なのだろう。しかし、朧には、にわかに信じ難《がた》い思いがした。

「糸が病を発症して離れに追いやられてから、お父様はすぐに竹に敷地内に家を与えて囲ったわ。なぜなら竹が子を宿していたから……糸が病で苦しんでいても、もうお父様は離れには一度もいらっしゃらなかった。かと言って、妊《みごも》った竹の家にも足を運ばなかったのが唯一の救いだけれど……」

「穀も情の薄い男じゃな。自分の子を腹に宿した女も愛おしくないとは」

「お父様はそういう方なの。女を愛せない。いいえ、愛したのは恐らく私やお兄様やお姉様の本当のお母様だけ……だからお母様が死んでしまってから、お父様にとって女は男の欲を吐き出すためのものでしかなくなった。悲しいけれど、その点は糸も竹も、恐らく今度来る梅という女も同じなのよ。ある意味、平等ね」

そんな薄情な男が、かつてそれだけ香澄や実たちの母親を愛していたということが、朧には奇跡に思える。

（母親は香澄に似ていたというから、無双の美女であったのじゃろうが……それほどに毅を心酔させる何かがあったのじゃろうな）

一人の女しか愛さなかった男——それはある意味、糸と並ぶほどに純粋な心だったのではないだろうか。そう言っても、香澄は決して認めぬだろうが。

「それでも、糸はお父様を愛し続けたわ。お父様も自分を愛しているのだと、信じ続けたわ。早くこの病を治して、また御前様のお世話をしたいなどと健気なことを言って……」

香澄の目に、薄い涙の膜が張る。

「手足も、顔も、どんどん腐り落ちてゆくのに、糸の心はそれに反してますます綺麗になっていくようだった……布団の上から動けず激痛に耐える日々だというのに、私以外は誰も世話にやって来ないというのに、糸は誰も恨まなかった。病で弱った心に付け入ってやろうとやって来る魑魅魍魎《ちみもうりょう》たちは、糸に触れると消えてしまうの……朧、あなたそんな人を見たことがあって？　私はないわ。糸以外には……。容貌が著しく崩れて蛆《うじ》が湧き、肉の腐ったひどい悪臭を発していても、あんなに美しい人はいなかった……いいえ、腐りゆくときの糸が、これまでの糸の姿の中でも、最も美しかったのよ。奇病で死にゆく、魂の消えゆく糸こそが、いちばん輝いていた……」

涙に濡れる香澄の顔は恍惚《こうこつ》としている。当時の糸を思い出しているのだろうか。

腐ってゆく女が美しいなどと、香澄以外には言えぬことだろう。しかも、六年前など、香澄はまだ十歳にも満たない幼子だったのだ。

(それほどに、その糸という女を慕うておったのじゃな……)

一風変わった香澄の趣味は、もしかするとそこに端を発しているのかもしれない。グロテスクなものを美しいと感じ、醜悪《しゅうあく》なものに興味を抱くという、十代の少女らしからぬ性癖は、敬愛する糸の奇病によって形作られた部分もあるのだろう。

「糸が死んでしまった後、この辺りは遺体を土葬にするのが普通なのだけれど、死体から病が伝染するのを恐れられて、火葬にされたわ。糸の死など、誰も気に留めなかった。強いて糸による変化を上げるならば、お父様が屋敷の中にいる女には手を出さなくなったことね。愛人たちは皆家の外で見つけてくるようになったわ」

「それは何故じゃ？　情が移るからか？」

「いいえ、お父様は女たちに決して情は移さない。だから多分、私のせいね。私が糸に懐いていたから、そういう女をまた作るのが嫌になったんだわ。私が、糸が死んだ後ひどく悲しんでいたから……」

それは、やはり特別な女を作りたくなかったためだろうか。愛娘が懐き、糸のように本当の母と変わらぬようになってしまえば、もはやその女は他の妾らとは一線を画すことになる。それを嫌ったのならば。香澄の言う通り、本当に愛人たちに平等ということだ。

「お父様は相変わらず女にうつつを抜かし、女たちは着飾って媚《こ》びを売って、お父様の気を引こうとした……どんなに外見を飾っても、中身はいやらしい陰気でたっぷりのくせにね。綺麗な顔、綺麗な体、綺麗な服でも、人間の中なんて皆同じ……外側が美しいだけ、内側の醜《みにく》さがあらわになるわ。糸とはまったく真逆ね」

「なるほど、のう……おぬしにとって、糸という女は、本当に特別な存在だったのじゃな。おぬしの価値観に多大な影響を与えるほどの」

香澄は大きく頷いてみせる。

「ええ、そうね……糸は特別。他の女なんてどうでもいい。だけど、せめてお父様にはそれを知っていただきたかったわ……糸が誰よりも清らかだったんだということを」

「しかし、まあ、もう六年前にその糸は死んでしまったんじゃろ。いなくなってしまった今では、どうしようもないではないか」

「本当に、そう思いますの？　朧」

香澄は青い目でじっと朧を見つめる。その言葉の意味がわからず、朧は香澄の気迫に圧倒されるように、少し背中を仰《の》け反らせる。

「よ、ようわからぬが……しかし、毅は坂之上家の当主じゃ。いかにおぬしに甘いとは言え、梅という妾を引き取ることを決めたのじゃから、もうどうにもならぬだろうよ」

「ええ、そうね……」

物憂げな眼差しで香澄はキャンバスを眺める。そしてふと、悪戯《いたずら》めいた顔つきになり、朧を見て微笑した。

「朧。しばらくは近場で美味《おい》しい鬼を食べられそうよ。あなたにとってここは楽園になるに違いないわ」

「うん？　どういうことじゃ。この屋敷には結界があるではないか。そう美味《うま》い鬼など滅多に……」

「ええ、そう。だからこの敷地内に入る際にある程度の力を持った鬼には結界が反応し、入ることができずに弾かれる……でも、もしすでに敷地内にいる人間の陰気が育ち、小さな鬼が成長したら？」

「それは、そうじゃが……しかし、現にここにいる人間たちには大きな鬼など憑いておらぬぞ。気配すらせぬし」

「使用人たちは日々の用事でしょっちゅう出入りしますから、たとえ陰気が育ってもその度に大きな鬼はふるい落とされてしまう。でも、竹は病がちで家からはほとんど出ないわ。

今は鬼の憑くような嫉妬《しっと》や怨念など持っていないはず。でも、もしも近くに自分と同じような境遇の妾が現れたら？」

「おお……なるほど」

「新しい妾の梅も、妊っているのならほとんど外へ出ては行かないでしょう。そして先住者である妾の竹には、激しい対抗心を抱くはず」

そう言われてみれば、毅は自分の子を孕んだ女には手厚い保証を与えているようで、その実、その心情の方は何ら斟酌《しんしゃく》していないのではないかと思える。

「二人の妾の泥仕合が見物だわ。大層陰気豊かな土壌が育つでしょうね」

「おぬしも、大した娘よのう、香澄……」

邪悪な笑みを浮かべる香澄に呆《あき》れつつ、なるほど、美味い鬼がここでも喰《く》えるようになるのならば願ったり叶ったりである、と朧の心も多少浮き立った。

それに、香澄のその糸という女への思慕はわかったが、それほど離れや愛人たちのことに関して怒っているわけではなさそうだ。ひどく意気消沈しているのなら慰《なぐさ》めてやろうと考えていた朧だが、それも杞憂《きゆう》だったようである。

「それにしても、我は竹やその子には会《お》うたことはないが、その者らはまったく母屋には顔を見せぬのか？」

「ええ。お父様が禁じているんだと思うわ。生活の面倒はすべて見るけれど、そういうところははっきり線を引いているから」

「では、おぬしも竹や腹違いの妹の顔は知らぬのか」

「いいえ、ここへ来たときに最初挨拶《あいさつ》はしましたし、住んでいる建物が別と言っても同じ敷地内ですもの、顔くらい見ることはあるわ。向こうがちょっとお辞儀をするくらいですけれど」

　当たり前のように奇異な環境を語る香澄に、鬼の朧も違和感を覚える。多くの人間を知っているが、こんな奇妙な状況はこの家の他にない。

「何やら変わった家じゃのう……そんな扱いにするのなら、この敷地内に住まわせねばよいものを」

「一応、お父様なりの配慮なのではないかしら。といっても、家名を守るための配慮ですけれど」

「どういう意味じゃ？」

「だって、子ができたというのに父親が少しも足を運ばないなんておかしいでしょう？　お父様の種だということは知れてしまうでしょうし。いくら生活の面倒を見ていても子どもに会いに来ないいんじゃ、世の中の人は、坂之上伯爵は大層冷たい人だと噂《うわさ》するんじゃないかしら。だから、敷地の中に囲ってしまって、外の人から見えぬようにしたのよ。そうすればまったく会いに行かなくても、評判が悪くなることはありませんから」

「なるほど……じゃが、子どもはさすがに気の毒な気がするがのう……」

「あなたは鬼のくせにそういうところはお優しいんですのね、朧」

香澄は皮肉っぽく笑う。

「なに不自由のない生活を与えられているのだから、子どもは幸せだと思いますわよ。世の中にはもっと不幸せな子どもは掃いて捨てるほどいますもの。それに、片方の親がいなくたって、人は勝手に成長するものですわ。私のようにね」

香澄には竹親子に対する同情などは一切ないようだ。恐らく、糸の存命中にこの家にやって来た妾の女であるし、決してよい感情は持っていないのだろう。

「まあ、あなたの言う通り、子どもに罪はありませんから……かといって我が妹よ、なんて少しも思っていませんし、そう扱う気もありませんわ」

「兄の実や、嫁いだ姉も同じなのか？」

「お兄様やお姉様は、生まれたときから一緒に暮らしていますから、家族です。そして、糸も私をずっと育ててくれていましたから、血縁ではないですけれど、立派な家族ですわ。血の繫がりよりも、共有してきた時間の長さが家族の証なのだと思います」

「ほう……なるほどのう」

香澄のその理論を聞いて、朧は少し嬉しくなった。

「それでは、我とおぬしも家族ではないか」

「は？　あなたは、ついこの前蘇ったばかりじゃありませんか」

「おぬしはもう何年も、毎日、我の魂を拝んでおっただろう？　朝、夕と日々欠かさず」

「それは、そうですけれど……」

「ならば我らは家族じゃ。言葉を交わさずとも、過ごした日々は長いのじゃからな」

香澄は納得のいかぬ顔をしながらも、「まあ、そういうことにしてさしあげますわ」と渋々認めた。

＊＊＊

数日後、妾の梅が坂之上家にやって来る前日。

朝食を終えた後、伯爵はずっと機嫌の悪かった香澄を書斎へ呼び出し、話をした。書斎では朧が相変わらず書物を読み耽《ふけ》っているが、読書に集中しているときには香澄がやって来ても目もくれない。

「お前も知っている通り、梅に会ってもらうのは紹介する明日だけだ。面白くないだろうが、一日だけ我慢してもらえるか」

「ええ、別に……お父様のお好きにすればよろしいわ」

「また、そのようなことを言って。お父様を困らせないでくれ」

弱り切った表情の父親に、さすがに香澄も意地を張り過ぎていると感じたのか、少しだけ表情をやわらげる。

「その梅って、どんな方なの。日本橋で芸妓をやっていたということしか知らないわ」

「うむ。初めに見ると驚くかもしれん。人前に出るとき梅はいつでも丹念に化粧をしているのだ。化粧といっても、夜座敷に出るのと同じように真っ白な練白粉《ねりおしろい》を使っているからな。それが肌自慢の梅のこだわりのようで何を言っても堅気《かたぎ》のように素肌を晒《さら》さんのだ」

「練白粉……それってそんなにいいものなのかしら」

伯爵は机の引き出しから螺鈿《らでん》細工の見事な容れ物を取り出した。

「これがいつも梅にやっているものだ。ここへ来るときにもひとつ渡してやるつもりでな。あれは肌が弱いから安物では荒れるというので、私が買ってやっている。お前も興味があるならひとつやろう」

同じ容れ物を取り出し、半ば無理矢理香澄に持たせる。

「嫌なお父様。娘を芸妓のような真っ白な顔にさせたいの？」

「最近じゃ粉白粉という洋風化粧用のものも出ているが、お前はいつも和装だろう。それならばこちらの方が合うのではないか。嫁入りもそう遠いわけではないのだから、化粧の仕方をお祖母様か国子さんに教わるといい」

「お化粧だなんて……」

香澄の表情が僅《わず》かに翳《かげ》る。そのときようやく朧は主が書斎にいることに気づき、本を閉じて顔を上げた。

「香澄、おぬしも本を読みにきたのか」

「違いますわ。でも、少し調べたいものもありますから今夜はその予定です。ところで、朧。これから買い物に行こうと思うのだけれど、一緒にいかが？」

「おう、もちろん行くぞ。丁度腹が減っておったところじゃ」

香澄は白粉のお礼を毅に言い、朧と一緒に部屋を出る。朧は香澄が手にしているものに目を留める。

「む、なかなか綺麗なものを貰ったのう」

「練白粉ですって。多分これを水に溶いて使うんですわ。私、お化粧なんて興味ありませんのに……顔に色々なものをべたべた塗るのは好きじゃないの」

「ほう。女子は皆化粧が好きというわけでもないのじゃな」

「まあ……今日のお買い物で化粧品を売っているお店も覗いてみます。白粉や紅のことなんかは全然知らないから」

香澄は化粧など興味はないと言いながら、父からの贈り物で少しだけ機嫌を直したようである。梅が来る日に何かしでかすのではないかと心配していた朧だが、この分ならば平和に終わりそうだと、内心ほっとしたものだった。

そして翌日、いよいよ梅がやって来た。

腹は僅かに目立つ程度で、安定期に入りつわりも終わった様子で、元気そうである。伯爵が手をつけただけあってその姿はふるいつきたいほどに豊艶《ほうえん》で、芸事の世界で磨かれた、練れた女の色香がしたたるようだ。

そして、伯爵が香澄に言ったように、その顔は練白粉で真っ白に塗り込められ、唇に真っ赤な紅を差している。薄暗い座敷ではそれが美しく映《は》えるのだろうが、日の光の下で見ると、まるでからくり人形のように奇異な印象も受ける。

「梅。お前には以前にも話したが、新しい家が建つまで、離れの方に住んでもらう。何か用事があるときは何でもお付きの女中に頼むといい」

「ありがとうございます。旦那様には本当によくしていただいて、感謝してもしきれぬくらいでございますわ」

「ひとまず家族とこの敷地内に住まう者を紹介しよう。これから特に会うこともないだろうが、顔と名前だけは覚えておけ」

毅はなぜか家族を本宅ではなく妾の竹の家に集め、そこで皆と対面させた。敷地内に住まわせるといっても、飽《あ》くまでも客人ではなく、また正式な家族でもないということをわからせるためか、本宅には上がらせぬつもりのようだ。

毅は歌子、実、国子、香澄、朧の順に紹介し、最後に竹と薫《かおる》を梅に引き合わせた。

この家の女主人である竹は、以前はやはり芸妓をやっていて新橋《しんばし》でも一、二を争うと言われた評判の美女だったが、薫を産んでから病がちになって痩《や》せ細り、その美しさは乾いた皮膚《ひふ》の上から艶《つや》とともに煙のように立ち消えてしまった。

しかし、新しい妾が来るということで、対抗心のためか、今日はしっかり化粧をし、丸髷《まげ》に豪華な真珠のはめ込まれたべっ甲の櫛《くし》などを挿し、いちばん上等な着物を着て澄《す》ましている。

挨拶が済むと歌子などは疲れたの何のと理由をつけてすぐに母屋へ戻り、実や国子、そして伯爵本人までさっさと帰ってしまったが、以前あれだけ不機嫌をあらわにしていた香澄は、意外にも出された茶を飲みながら悠然と居座っている。

「ちょっと失礼。雪隠《せっちん》を貸していただける?」

「ええ、もちろんですわ、お嬢様。薫、案内して差し上げて」

「ああ、いいのよ。場所を教えてもらえれば一人で行けます」

香澄は薫に雪隠の場所を聞き、応接間から出て行った。残ったのは、朧と竹親子、そして梅である。すると露骨に妾同士のとげとげした気配がたちのぼり、朧は肩身の狭い思いで茶を飲んだ。

(嫌な空気じゃのう……何故香澄は他の者らのようにさっさと帰らぬのかのう)

二人の泥仕合が見物だと言っていた通り、ここで妾二人が言い争うのをひとつ見学してやろうという魂胆なのか。

竹が少しこんこんと咳をするのを、隣に座った薫が心配そうに見つめている。母親似のあどけない愛らしい娘である。竹が大切に育てているのだろう、こんな境遇にもかかわらず、ひねた様子もなく真っ直ぐに育っているようだ。

今日は母親と同様にいつもよりおめかしをしているらしい。二つのお下げにした髪をいじりながら、真新しい着物を汚さないようにと緊張しているのか、動作がぎこちない。

「お母様、大丈夫?」

「ええ、平気よ。滅多に来ないお客様が一度に見えたので、少し疲れてしまったみたい」

「まあ、ごめんなさいね、お加減が悪いのにご無理をさせて」

梅が申し訳なさそうに上目遣いで詫《わ》びる。

「滅多に来ないと仰《おっしゃ》ったけれど、旦那様はよくこちらにもいらっしゃるのでしょう？」

優しげな口調だが、その言葉には秘かな毒が忍ばせてある。竹はやつれたせいでギョロリとした目で梅を見据え、うっすらと口元に笑みを浮かべる。

「あなたもお気の毒に。旦那様は、ここに囲った後はもういらっしゃらないのですよ。初めにそう言い含められたでしょう？」

「ええ、確かに。けれど、例外もあると思いますわ」

と、朧を見て、挑戦的な顔つきになる。

「だってこちらの坊ちゃんは、昔酌婦に産ませた子を引き取ったのだというじゃありませんか。妾も妾の子も本宅に入れないなんて、方便です。あたしはそう思っておりますわ」

「まあ……それじゃ、あなたは子どもを産んだら正妻になれるとでも思っているの？」

竹はいかにも馬鹿にしたような顔でせせら笑う。

「後でがっかりしないように今のうちに教えておいてあげますけれどね。旦那様はここに囲えばもうその女に興味はなくなってしまうんですよ。外にいくらでも女があるのを、あなただってご存知でしょう？　子どもが産まれる頃には、あなたのことなど、もうすっかり忘れていらっしゃるでしょうよ」

「それはあなたの話でしょう？　それも、あなたがそんな風になってしまったからじゃないの？」

　容色の衰えたのを露骨に指摘されて、蒼白い竹の顔が真っ赤に染まる。幼い薫は母と梅の話の内容がわかっていないのだろう、不安げな表情で二人を見比べている。

（おお、おお……鬼どもが嬉しそうに陰気を啜《すす》っておるわ）

　朧や薫の存在など忘れて妾同士が激しい火花を散らす間、ほとばしる憤《いきどお》り、嫉妬、憎悪の陰気に群がる鬼どもが小躍りをして腹一杯に吸い込んでいる。目の前の朧が自分たちの捕食者と認識しているだろうに、ごちそうに夢中で警戒も忘れている様子だ。

「あたしはあなたのようにはならないわ。旦那様はあたしのこの肌に夢中なんですもの」

　梅は自慢の玉の肌を見せつけるように、白い腕を袖《そで》から剝《む》き出しにしてみせる。たっぷりとした豊かな肉置《ししお》きの梅の肌にはしっとりとした艶があり、水分を豊潤《ほうじゅん》に含んで蜜《みつ》を塗ったように輝いている。

　しかし白い腕といっても、顔を真っ白に塗っているのでその色の差が朧にはむしろ妙なものに映る。素肌が綺麗なのなら、顔にもわざわざ白粉を塗る必要はないのではないかと思ってしまうのだが、恐らく梅にとってそれは恥ずかしいことなのだろう。

「あたしの肌は繊細だからその辺の質の悪い安物の白粉だと肌が荒れてしまうと言ったら、最高級の白粉をいつもくださるようになったの。お前の上等の肌には上等の白粉が合うと仰ってね。ほら、今日も」

梅はバッグから螺鈿細工の容器に入った練白粉を出してみせた。

「旦那様が前の奥様を亡くしてからずっと正妻を持たないのは、本当に愛している女に子どもができていないからだわ。あたしは愛されている。そして子もできた。旦那様はすぐにあたしを本宅へ招いてくださるはずだわ」

「まあ、すごい自信なのね」

竹は痩せた顔を引き攣《つ》らせ、白狐のようにキリキリと目を吊り上げている。

「ええ、私もお祈りしていますわよ。そんな日が来ることをね。それにしてもあなた、お可哀想ね。よりによって、あの離れに住まわされるだなんて」

竹の意味深な物言いに、梅は片眉を上げて怪訝な顔をする。

「あら……あの離れが何だというの？」

「あそこは昔の妾が死んだ場所なんですよ。病で顔を醜く腐らせてね。糸という名前の女だったけれど、大層陰湿で嫉妬深くて恐ろしい女だった。私がこの子を妊ってここへ来たときにはまだ生きていて、ひどく罵《ののし》られていじめられたわ。そんな女だから、今でもあの離れにはその執念が染み付いていて、幽霊が出るという話ですよ」

「ゆ、幽霊って、そんなまさか」

梅は先ほどの強《したた》かな表情など掻き消えて、恐怖に顔を強張《こわば》らせている。この類《たぐい》の話はかなり不得手なようだ。目の前に座っている者も鬼だと言ったら、気絶してしまうかもしれない。

それにしても、竹の糸に対する評価はひどいものである。香澄に聞いていたものとは随分違うが、ここは梅を怖がらせるための脚色なのだろうか。

「せいぜい祟《たた》られないようにお気をつけ遊ばせ……私はちょっと下がらせていただきますわ。本当に具合が悪くなってきたので」

竹は咳をしながら大儀そうに立ち上がり、応接間から出て行こうとする。その後を薫が追いかけ、そしてしばし唖然《あぜん》としていた梅も、「ちょっと、もう少し話を聞かせてくださらない」とバッグを長椅子に置いたまま、慌ただしく竹の後ろについていった。

「何じゃ……忙《せわ》しないのう」

一人残された朧はぽつりと呟いて、すっかり冷えきってしまった茶を啜った。雪隠へ行ったという香澄を探しに行こうかと、自分も立ち上がる。

「あら。お一人ですの？　朧」

と、丁度そこへようやく香澄が戻ってきて、一人でいる朧を見て首を傾げる。

「他の皆様は？」

「さあ。どこかへ行ってしもうた。我らもそろそろ帰らぬか」

「ええ、そうね。ここも案外広いのね。ちょっと迷ってしまったわ」

ふと、香澄は長椅子に残されたバッグからはみ出た七色に輝く螺鈿細工のものに目を留める。

「あら、その容れ物は……」

「毅が贈ったもののようだぞ。おぬしが昨日貰ったものと同じじゃな」

「ふうん……本当にあげているのね」

お父様もまめだこと、などと言いながら、ふいに、朧を見てにっこりと笑う。

「ところで、どう、朧。美味しい鬼になりそうな苗床でしょう？」

「そうじゃな。あの二人の様子では、あと数日もすれば脂ののった極上の鬼に仕上がるじゃろうて」

「それはよかったですわね。後でこっそり喰らってやるといいわ」

私たちも帰りましょうか、と香澄に促《うなが》され、二人は竹の家を後にした。

＊＊＊

その日から離れで生活することになった梅だが、どうも竹の話を聞いてから嫌な心持ちが消えない。

（あの女、あんな気味の悪い話をして……きっとただあたしに意地悪をしたいだけなんだわ。そうよ、あんな話は大嘘よ）

そう思い込もうとしても、なかなか恐怖心は胸から去らない。生きているならば男も女も怖くはない、ただ梅が恐れているのは死んだ人間である。

子どもの頃から恐がりで、肝試しも百物語もまともに参加できた覚えがない。客に怪談話などされて卒倒しかけたこともある。

（おお、いやだ……早く寝てしまおう）

梅は風呂から上がると木綿の浴衣を着てさっさと寝床へ入った。夏の盛りであるので窓を開け、蚊帳《かや》を吊った中で薄い夏布団をかぶっている。寝入ってしまえば何も怖いことはないと考えたのだが、恐怖で体が緊張しているためか、なかなか寝付けない。小さな物音にすらも反応してハッと布団の中で身を固くし、うつらうつらとしてはまた何かの気配にハッとするということの繰り返しだった。

そうこうするうちに空が白み始め、とうとう梅はほとんど熟睡できぬまま朝を迎えた。

（なんてひどい夜だったの……）

ぼんやりとしながら女中の作った朝食を食べ、寝汗を洗い流すために再び風呂に入った。その後新しい浴衣を着て鏡台に向かい、いつものように入念に化粧をする。仏蘭西《フランス》渡りのクリームを塗り、その上に伯爵にもらったいつもの練白粉を水に溶いてたっぷりと自慢の肌の上に塗り込んだ。

化粧が済むと銘仙《めいせん》の着物を楽に着付けて、比較的過ごしやすい涼風の吹く日であったので、縁側に籐《とう》椅子を置き、そこに座って編み物などして過ごした。古い離れとはいえしっかりとした日本家屋で、元いた置屋よりもずっといい。

（あの痩せさらばえた女め、見ていなさい。あたしは必ず旦那様の妻となる……そして産まれてくるこの子は伯爵家の一員となるのよ）

坂之上伯爵が一人の女を愛さぬことなどわかっている。いいや、伯爵は一人も愛していないのだ。そんなことは暗黙の了解で、伯爵は女を特別に囲いもせぬし独占もしないというのは有名だった。花街によく出入りはするが、何度も男女の仲になる女など作らない。

それに、そういう行為をする場合、ありとあらゆる方法で孕まぬように工夫する。

だから、子ができてしまった、という状況を作るには、『別の種』が必要なのであった。

(どうせあの妾もそうやって『作った』に決まっている)

竹の娘の薫という幼子は、ちっとも伯爵に似ていないではないか。それに、昨日紹介された家族の誰とも似ていない。きっと伯爵も気づいているのだ。あの娘が自分の子などではないことを。だが、女が伯爵の子でございますと言えば、男はそれを否定することなどできない。だから、渋々養っているに過ぎないのだ。

(でも、あたしはそんなへまはしない……種には伯爵に似た男を選んだのだから)

梅は幼い頃に置屋に売られてから、絶対玉の輿《こし》に乗ってやるのだと決めていた。貴婦人となり、女として最高の地位に成り上がってやると固く決意していたのだ。

そのために、『伯爵の子』が必要だった。子ができた竹が唯一伯爵家の敷地内に住まわされた女だということを知っていた梅は、自分も必ず子を生《な》してみせると野望を抱いていたのである。

(そうさ……そしてあたしは成功したんだ。ここまで来てしまえば、こっちのもの……とうとう敷地内まで招き入れられたんだからね)

梅は愛おしげに膨らんだ腹を撫《な》でる。今夜こそ、お腹《なか》の子のためにも睡眠はしっかりとらねばならない。

さやさやとした風に吹かれていたら心地よくなり、夜の睡眠不足もあって梅はウトウトし始める。自分の計画通りになったこの状況に酔い痴《し》れているうちに、いつしか竹の話した離れの幽霊のことなどはすっかり忘れてしまっていた。

そうして梅は心地よい微睡《まどろ》みの中で、幸福な夢を見た。

坂之上家の本宅に正妻として迎え入れられる夢である。伯爵の子どもたちは皆梅を『お母様』と呼ぶ。梅は喜びと誇らしさに天にも昇る心持ちだった。

だが、ふと朧が梅の顔をじっと見て首を傾げるのだ。

――おや？　お母様、お顔が少し……。

顔が何だというのだろう。ふしぎに思って頬に手をやると、突然ピリリとした痛みが走った。

「はっ……」

目を覚ませば、すでに日は天辺《てっぺん》を通り過ぎ、昼を過ぎている。

（いやだ。随分長く眠ってしまっていたんだわ）

昼間にこんなに寝てしまったら、また夜には十分に眠れなくなってしまう。呼び鈴を振って女中を呼び、昼食をとりたいと告げ、用意に入らせた。

幸福なような、不気味なような、おかしな夢だった。夢の中で感じた頬の痛みは、まだ少し残っている。

梅は慌てて手鏡を持ち、顔の具合を確かめる。だが、特に変わったところはない。

(妊娠のために、少し肌が過敏になっているんだろうか……)

ふと、そのとき思い出してしまったのは、竹の話である。

『あそこは昔の妾が死んだ場所なんですよ。病で顔を醜く腐らせてね……』

「……まさかね」

幽霊の祟《たた》りなどで、顔が崩れることなどあるものか。

けれど、一度胸にきざしてしまったその想像は、なかなか消えてくれそうにはなかった。

そのためか、その日の夜は枕元に幽霊の立つ悪夢など見て、またもやほとんど寝付けなかったのだった。


そして、梅の地獄の日々が始まった。

数日経っても、伯爵が梅のもとを訪れることはなく、そして顔の痛みも、夜毎《よごと》の悪夢も、ひどくなってゆくばかりだ。

(まさか、本当に旦那様はあたしに会いに来ないの？　これからずっと？　あの妾のように、容色の衰えたわけでもないのに？）

　梅の不安は日増しに大きくなってゆく。毎朝鏡台に向かう度に顔の赤みがひどくなる。お付きの女中にも素顔は見せられなくなり、いつまでも来ない伯爵だが、こんな日にもし来られたら、と思うと、いつもよりも白粉を多めに塗らずにいられない。けれど、そうして待っていても、やはり伯爵はやって来ない。

（お腹の子どもの秘密に気がついた？　いいえ、まさか、そんなわけはないわ。男にわかるはずがあるものですか）

　疑心暗鬼は深くなり、この離れに憑いている糸という幽霊に対する恐怖も大きくなる。

　そんなある日、思ってもみない来客があった。竹である。

「どうも、ご無沙汰しております」

「あら……こちらこそ」

「お加減はいかが？　お腹も少し大きくなったかしら」

　竹は梅とは正反対に、すこぶる調子がよさそうだ。最初に会った日に咳をしながら蒼白い顔を神経質に強張らせていたのとは大違いで、血色もよく、少し肌に艶が出たように見える。

　梅は思わず自分の腕を見た。あれほど豊潤に輝いていたのに、今は心労のあまりか、肌も乾いて少しむくみ、色もどこかくすんで濁《にご》っている。

「竹様、今日は何の御用ですかしら」

「いいえ、特には……」

竹は横を向いて少し笑った。

「ただ、そろそろさぞかしお暇を持て余していらっしゃる頃だろうから、と思って」

この言葉に、梅はカッと頬に血の気をのぼらせた。

竹は気づいているのだ。この離れにも、伯爵の訪れが一切ないことを。梅が最初に切った啖呵《たんか》が、見事に自分自身に返ってきていることを。知っていて、さぞかし焦っているだろう、失望しているだろう、という梅の顔を、わざわざ見物しにやって来たのである。

「まあ……それはそれは、ご親切に」

梅は煮えくり返る憤りを必死に隠して、鷹揚《おうよう》に微笑《ほほえ》んだ。

「せっかくいらしてくださったのですから、お茶でもいかが？」

「まあ、ありがとうございます。でも……ここでは結構ですわ」

竹は薄気味悪そうに室内を見回した。いかにも、糸の幽霊が憑いているのを恐れるといった顔つきだ。

「こちら、お見舞いのお品。どうぞ、元気なお子を産んでくださいましね」

と言って、菓子折りを差し出すと、言いたいことだけを言ってさっさと帰っていった。

梅はもちろん、竹がいなくなると、その菓子折りを即座に投げ捨てる。腹立たしさに今すぐにでも竹の家へ駆け込んで、罵詈雑言《ばりぞうごん》を浴びせてやりたい心持ちだ。

（何さ、何さ、あんな女……っ）

地団駄を踏み、いましがた投げ捨てた菓子折りの包みを暴いて、中身の餅《もち》菓子を鷲摑《わしづか》みにして次々口の中に放り投げる。

「まずい、まずい！　ああ、まずい!!」

頭をうち振って叫びたて、梅は般若《はんにゃ》の如き形相で菓子を喰らい続けた。

そして一人ですべて食べ終わってしまうと、口の周りを餡子《あんこ》だらけにして、今度は呆然として畳に座り込んだまま、焦点の合わぬ目で庭先を眺める。

（あたしは、一生このままなんだろうか。旦那様もやって来ず、ただ、産まれた子の世話をして老いていくだけなんだろうか）

こんなのは、自分の思い描いていた結末ではない。最初の日のうたた寝で見たあの夢のように、自分は伯爵の正妻となるのだ。本宅に迎え入れられるのだ。あの意地の悪い、醜い、心のねじ曲がった竹という女とは違うのだ。

ふと、視界の端で、何かが赤く光ったのが見えた。はたとそちらを見てみると、庭園の楓《かえで》の木陰に、あの朧という少年が佇《たたず》み、こちらを眺めている。

梅はほとんど無意識のうちに、裸足で縁側から庭へ降り、追い縋《すが》るように朧の側まで駆けてゆく。

「ああ、朧様……あなた、朧様でしたわよね」

「おお、そうじゃが……いかがしたのじゃ。身重の身で、そのように走っては危ないではないか」

朧が口をきくのを初めて聞いたように思う。奇妙な言葉遣いだが、今の梅にはそんなことはどうでもよかった。

「あの、あの、旦那様は今お忙しいのでしょう？　お仕事か何かで、お屋敷を空けていらっしゃるのでしょう？」

藁《わら》にも縋る思いでそう口走る。

伯爵が来ないのは自分を愛していないからではない、多忙な身であるので、今は忙しくて来られないだけなのだ——そう信じたかった。

朧は梅の心情を慮《おもんぱか》ってか、哀れみの眼差しで縋りつく女を見る。

「いや、毅のことは我にはわからぬ。じゃが、特に忙しいということはないようじゃぞ。気楽な金利生活者じゃからのう。ああ、そろそろ、逗子に行く準備を始めているようではあるが」

「逗子……？　どこかへ行っておしまいになるの？」

「うむ。家族皆で逗子の別荘へ行くようだぞ」

そんな話は聞いていない。ということは、梅は置いて行かれるのだ。

「そんな……そんなはずはありません。旦那様が、あたしの家にいらっしゃらないばかりか、遠くへ行ってしまうなどと……そんなはずは……」

朧の言葉を受け止められず、自分に言い聞かせるように梅は繰り返す。

「……この短期間で、なんという熟成ぶりか。えも言われぬ旨味じゃのう」

「え？　今なんと？」

「いや、なに、こちらの話じゃ」

そのとき、母屋の方から、朧を呼ぶ少女の声が聞こえる。朧は縋りつく梅の手を優しく引き剝《は》がし、微笑んだ。

「すまぬな。我は行かねば」

「あ……」

「梅、顔色が悪いぞ。少し休め。あと口周りを拭け。よい女が台無しじゃ」

ではな、とあっさりときびすを返す朧の背中を見つめながら、梅はくなくなとその場にへたり込んだ。少しして、女主人の姿を見つけた女中が慌てて駆け寄って来る。

(旦那様は、お忙しいのだわ……あの酌婦の子が知らぬだけで、そうに違いないわ……そうでなけりゃ、あんなに可愛《かわい》がってくださったあたしを放っておくはずがないのだもの……そうよ、そうに違いない……)

そう思い込むことが、今の梅を正気に留めおく、唯一の拠《よ》り所なのであった。


その夜、梅は一層ひどくなった顔の痛みに呻吟《しんぎん》し、布団の中でもがいていた。

赤くなった顔が痒《かゆ》みを帯びていて、精神的に苛立《いらだ》っている梅はつい頬に爪を立ててしまう。すっかり不眠症のように夜深く眠れなくなっていた梅は、不愉快な顔の疼痛《とうつう》と戦いながら、ごく浅い眠りの中でうつらうつらと漂っている。

ふいに、梅は何かの気配を感じてぎくりと目を開けた。

(――何かが、いる)

暗闇《くらやみ》の中に目を凝らし、梅は凝然《ぎょうぜん》としてしばらく動けずにいた。

すぐ近くにいるのだ、何かが。

自分の枕元に――頭の上に、何かが。

心臓の鼓動がうるさく耳元で騒いでいる。全身から冷や汗を噴き、木綿の浴衣をぐっしょりと濡らす。

何がいるというのだ。こんな夜中に、人の部屋に入ってくる、何が。

じっとしていても気配は去らない。こちらの怯えを楽しんでいるかのように、そこに佇んでいる。

このままでは、埒《らち》があかない。梅は、意を決して、恐る恐る、体を起こした。

「――――」

まず、見えたのは、蒼白い足。

そして、白い着物の裾《すそ》が見え、上へ視線を移してゆくと――

そこには、恐ろしく顔を爛《ただ》れさせた女が立ち、憎しみのこもった青い目で、梅を見下ろしていたのだった。


ものすごい悲鳴に、女中は寝床から飛び起きて、へっぴり腰になりながら、息を殺して女主人の部屋に入った。

「ああ、奥様っ……」

するとそこには気絶した梅が白目を剝《む》いて仰臥《ぎょうが》しており、女中の呼びかけにも応えない。洋燈をつけてみると、その顔は赤く爛れて、ここへやって来たばかりのときのような美しい肌はどこにもなかった。

何があったのかはわからぬが、このままではお腹の子に障《さわ》ると女中は心配し、本宅へ駆け込んで、医者を呼んでもらった。電話は本宅にしかないのである。

医者はすぐに坂之上家へ駆けつけ、この真夜中の騒ぎに、さすがに母屋の人間も目を覚まし、毅、香澄、朧が離れへやって来る。

「一体何があったのだ」

医者に介抱されながら、梅は「女……顔の爛れた女……幽霊が……祟りが……」とうわ言のように呟いている。しかしその梅自身の顔が爛れており、まさしく梅は祟りにあったような凄まじい状態にあったので、一同はゾッと肌を粟立《あわだ》てた。

お腹の子が無事であるのを確認すると、医者は薬を置いてやれやれと帰ってゆく。まだ騒ぎの収まらぬ離れで、坂之上家の者たちは梅の訴えに顔を見合わせ、首を傾げていた。

「幻覚か悪い夢でも見たのではなくって？　妊娠中は、心が不安定になるものなのでしょう？」

と、寝ぼけ眼《まなこ》を擦《こす》りながら香澄が訊ねる。

心配というよりは面白がってその場に混じっていた竹は「そうですわね」と頷いてみせる。そして意地の悪い目でようやくまともに意識を取り戻した梅を見下ろしながら、

「それとも、旦那様を心配させたくて、こんな騒ぎを起こしたのでは？」

とせせら笑う。するとすると梅は鬼の形相で竹を睨《にら》みつけ、歯ぎしりをしながら獣のような唸《うな》り声を上げる。そして、ハッと何かに勘づいた様子で、それまでの女の幽霊が、という主張を一変させた。

「あなた……まさか、あなたがあたしを驚かせようとしてあんなことをしたのじゃないでしょうね！」

「は？　どうして、私がそんなことを？」

「あたしが驚いて具合を悪くして、子が流れればいいとでも思ったのでしょ⁉」

「まあ……とんだ言いがかりだわ」

さも呆れた顔で肩を竦《すく》める竹に、梅は燃えるような目で喚《わめ》き散らした。

「そうだ、そうだわ！　最初から幽霊などの話をして、あたしを怖がらせて、しまいに顔の爛れた面をつけてあたしを脅かしたに違いないわ！」

「そんな七面倒くさいことをするもんですか！　この離れに住んでいた糸の祟りなのでしょ？　その醜い顔の爛れがその証拠じゃないの」

「違う！　きっとあなたがあたしの化粧品に何か毒でも混ぜたのだわ……ああ、そうだ。最初の日にあなたの家にあたしは旦那様に貰った白粉をそのまま持って行ったわ。あのときにあなた何かの細工をしたのね!?」

夜中にぎゃあぎゃあと喚き立てる女たちに頭痛を覚えた様子の毅が、強引に割って入る。

「梅、そのように興奮するな。腹の子に障る」

「では、旦那様、どうかこの女の屋敷を、この女の部屋を、今すぐ捜索してくださいませ！　絶対にあの幽霊の仮面があるはずですわ！」

「なんですって」

今度は竹も目を剝いて怒りくるう。

「馬鹿なことを言わないで！　どうして私の屋敷にそんなことをされなくちゃいけないの！　まるで罪人扱いだわ！」

「馬鹿なことかどうか、やってみればわかるわ！　お願いです、旦那様！　今すぐでないと、この女は証拠隠滅を図ってしまいます！」

梅のあまりの狂乱ぶりに、毅が折れた。嫌がる竹に、「こうでもしないと梅が落ち着かぬから」と言い含め、仕方なく、この真夜中に使用人たちに竹の家の中を改めさせたのである。

果たして、竹の部屋に、その仮面はあった。押し入れの奥の方に、こっそりと隠してあったのだ。

呆然として立ち尽くす竹と、勝ち誇った顔で笑う梅の対比が鮮やかである。

「ほうら、ご覧遊ばせ！　この女のせいですわ、旦那様！　全部全部、あたしが妬ましくて憎くて、この女が策を弄《ろう》していたのですわ！」

「ふざけないで！　何でこんなものが私の部屋にあるんです⁉　絶対におかしいわ。あなたが私の部屋にこんなものを隠したんでしょう⁉」

二人の女は半狂乱になって、取っ組み合いの喧嘩《けんか》を始めた。使用人たちが必死で止めに入るが、女たちの猛烈な戦いは止まらない。

「ああ……もう、たくさんだ。戻ろう、香澄、朧」

毅はうんざりした様子で、香澄と朧を連れて本宅へ戻った。竹の家から響いてくる女たちの罵声《ばせい》は長々と続いた。

そして、騒々しい夏の夜は、慌ただしく更けていったのだった。

＊＊＊

事件は、思わぬ結末を迎えた。

翌日の早朝、梅は坂之上家から出て行ったのだ。

「あんなひどい騒ぎがあったのでは、梅が自《みずか》ら出て行かずとも、どこか他へ移すつもりでいたがな」

朝食の席で毅はため息を落とす。

「とんでもない捨て台詞《ぜりふ》まで残していった。この子は実は旦那様の子ではありません、だから金輪際《こんりんざい》お世話は無用です、となし」

「まあ……それって本当かしら」

「本当か嘘か知らんが、もうこの家にかかわるのは懲《こ》り懲《ご》りなんだろう。逞《たく》ましい女だから、どこでもやっていけるさ」

毅は無責任にもあっさりとそう言って、ここ数日で一気に老け込んだような顔をして珈《コー》琲《ヒー》を飲んでいる。

歌子は呆れた眼差しで息子を見やり、

「あなたが女にだらしないからこういうことになるのです。ところで、竹はどうしているのですか」

と問うた。

「竹はヒステリイを起こして寝込んでいます。元々体が丈夫でなかったのが、あの夜の騒動でますます悪くなってしまったようで」

「それは気の毒に。けれど、梅を気絶させた幽霊の仮面が、竹の部屋にあったのは事実なのでしょう？　それでは、自業自得ということかしら」

「その幽霊って、糸のこと？」

香澄は不機嫌を隠さずに冷たい目で父を見る。毅は狼狽《うろた》えながらも頷いた。

「恐らく、そうなのだろうな。梅が言っていたが、最初に竹はあの離れには昔死んだ女の幽霊が出ると、梅に吹き込んでいたそうだから」

「そういえば、聞いたような気がしますわ。糸は誰よりも優しい人だったのに、竹はひどいことを言っていました。陰湿で嫉妬深くて恐ろしい女だった、と……」

朧はふと、食事の手を止めて香澄を見た。毅はふむ、と首を傾げて苦笑いしている。

「それはまるで自分のことを言っているようだな。竹も梅も……陰湿で、嫉妬深い」

「あんな女たちに利用された糸が可哀想ですわ」

「ああ、そうだな」

毅は香澄の言葉に、疲れた顔をして深く頷いた。

「醜く恐ろしいのは、生きている女たちの方だったな」

食後、香澄はアトリエへ行って、またあの不気味な油画の続きを描いている。

その横で羊羹を食べている朧は、キャンバスに向かう香澄を眺めながら、ふうむと唸った。

「機嫌がよいのう、香澄」

「あら、そう見えまして?」

「うむ。ところでおぬし、聞いていたのじゃな」

「何のことです?」

「竹が、糸のことを梅に話していたことじゃ。あのとき、おぬしは雪隠に行き長々と戻って来なかったではないか。こっそり戻って、聞き耳を立てていたのかな」

「ああ……そうでしたかしら」

香澄は筆を動かしながら、気のない声で呟く。

「ちょっと前のことですのに、もう随分昔の話のような気がしますわね。妾たちの騒動があったからかしら」

「それにしても、見事にやり切りおったのう。なかなかの手腕じゃったぞ、香澄。我としては近場で美味い鬼が喰えなくなったのがちと残念じゃが」

香澄の筆が止まる。

ふしぎそうな顔で朧を振り返り、怪訝な目つきをする。

「一体、何のお話？」

「すべておぬしが仕組んだことだったんじゃろう？」

「私が、あの騒動の黒幕だというの？」

「うむ。そうとしか考えられぬ」

アトリエに、束の間の沈黙が落ちる。

香澄の顔色は変わらない。相変わらず人形のように無表情な顔をして、朧をじっと見つめている。

「それじゃ、竹の部屋にあったあの仮面はどうなりますの？　騒動があった夜、私が竹の部屋に忍び込んで仮面を隠した、なんて時間はありませんでしたわよ」

「じゃが、もっと前ならば、入る機会はあった。そのときに仕込んだのじゃ。恐らく梅と最初に対面した日の、あの雪隠のときじゃろう」

「……でも、それじゃ梅の部屋に現れた者の仮面は……」

「同じ仮面が、もうひとつあるのじゃろ？　おぬしの部屋に」

香澄は黙っている。朧は立て板に水を流すように喋り続ける。

「ついでに言えば、梅のあの顔の爛れ。あれは、伯爵が梅にやる予定だった白粉を、おぬしが安物の粗悪品の中身にすり替えたのじゃな」

「…………」

「前日、我と買い物に行った折にそれを買って、その夜書斎に調べ物があると言って一人で入り、伯爵の机の引き出しにあった白粉と交換した」

「…………」

「つまり、梅のやって来る前から、おぬしはこの計画を立てていたのじゃな。香澄よ」

朧の推理を黙って聞いていた香澄は、静かに口を開く。

「……どうして私が？　何のために？」

「それは、おぬしが以前言うておったことよ」

朧は深くため息をつく。羊羹の最後のひと口を名残惜《なごり》しそうに飲み込み、その味わいを長々と楽しんでいる。

「糸が誰よりも清らかだったということを、父に知ってもらいたかった、と」

香澄は青い目をしてじっと朧を見つめている。

「おぬしは、穀にただあの一言を言わせたかったのじゃろう？　醜く恐ろしいのは、生きている女たちの方だった、と」

「…………」

「それを言わせるためだけに、すべてを仕組んだのじゃろう？」

香澄はしばらく無表情で朧を見つめていたが、やがてその口元にふしぎな微笑が浮かんだ。

「……名探偵朧、というところですわね」

とうとう、白旗を上げた。

「あなたにそこまで見透かされていたなんて、私もまだまだですわ」

「すべて計画通りにすんなりと行ったか？」

「大体ね。竹も梅も、面白いくらいこちらの思った通りに動いてくれましたわ。別に、梅を追い出そうなんてことまでは考えていなかったのだけれど。お腹の子がお父様の子でないなどということは、さすがに知りませんでしたから」

「あれには我も驚いた。女は怖いのう。しかし、竹が梅に離れの幽霊のことを吹き込むということまで計算のうちじゃったのか？」

「あのことは、竹が言うだろうと思っていたけれど、言わなければ私が梅に教えてあげていましたわ。あの離れで昔女が死んだ、と。その後は、促さずとも竹がそれに乗ったでしようし」

香澄のどこまでも冷静沈着な判断に、朧はぶるりと震えてみせる。

「我は竹よりも梅よりも、おぬしが怖いぞ」

「そう？　元々私が公明正大で清廉潔白な人間だとは思っていませんでしょ？」

「それはそうじゃが……まったく、おぬしは我よりもよほど鬼らしい」

「まあ。鬼の王にお墨付きをいただいてしまいましたわ」

香澄は顔を歪めて笑っている。朧はいつも思うが、香澄の笑顔はちょっと怖い。綺麗な顔をしているのに、笑うと歪む。笑うことが苦手なのだろうか。それとも上手い笑顔の作り方を知らぬのか。

「何はともあれ、私は満足。お父様の中で、糸は死んだときの無惨な姿のままでしょうから、それを正す機会を窺《うかが》っていたのよ」

「ふむ……おぬしはまことに、糸という女が好きだったんじゃのう」

「そうよ。前も言ったでしょう。あんなに清らかな人はいなかった。あの醜い女どものように、憎しみ、憤り、嫉妬をすることなんて、露程《つゆほど》もなかった人なのよ」

ふと、香澄は糸を懐かしむように遠い眼差しをする。

「糸は最後までお父様を愛していた。お父様の中で永遠に生き続けることが、糸の望みなの。そのためならば、私はどんなに汚れたって構いませんのよ。どんな手を使っても……」

朧は何とも言えぬ心持ちで香澄を見つめる。

この変わった娘は、すでにこの世にはない者のためにこれだけのことを画策をしていたのだ。

（優しいのか、恐ろしいのか……）

「口止め料は、虎屋の夜の梅でよろしいかしら」

「うむ、十分じゃ。あれは美味いからのう」

香澄の提案に、朧は快《こころよ》く頷いた。元より誰かに告げ口する気などないのだが。

朧の脳裏には、以前香澄が糸を語ったときの言葉が過《よぎ》っている。

――糸は特別な人だったの。特別穢れない心を持った人――。

（しかし、まったく嫉妬をしない人間など、この世にはいないぞ、香澄……）

香澄の背後から音もなく消える女の影を眺めながら、朧は心の中で呟いた。

※この作品はフィクションです。実在の人物・団体・事件などにはいっさい関係ありません。

集英社オレンジ文庫をお買い上げいただき、ありがとうございます。
ご意見・ご感想をお待ちしております。

● あて先
〒101-8050　東京都千代田区一ツ橋2-5-10
集英社オレンジ文庫編集部 気付
丸木文華先生

カスミとオボロ

大正百鬼夜行物語

集英社
オレンジ文庫

2016年6月28日　第1刷発行

著　者　丸木文華
発行者　鈴木晴彦
発行所　株式会社集英社
〒101-8050東京都千代田区一ツ橋2-5-10
電話【編集部】03-3230-6352
【読者係】03-3230-6080
【販売部】03-3230-6393（書店専用）
印刷所　図書印刷株式会社

※定価はカバーに表示してあります

ISBN 978-4-08-680089-1 C0193

集英社オレンジ文庫

梨沙

神隠しの森

とある男子高校生、夏の記憶

真夏の祭事の夜、外に出た女子供は
祟り神・赤姫に“引かれる”――。
そんな言い伝えが残る村で、モトキは
夏休みを過ごしていた。だが祭の夜、
転入生・法介の妹がいなくなり…?